COLLECTION FOLIO

L'œil du serpent

Contes folkloriques japonais

Traduit du japonais et annoté
par Françoise Bihan-Faou et Chiwaki Shinoda

Gallimard

Ces contes sont extraits de *De serpents galants et d'autres*
(Connaissance de l'Orient 2, n° 57).

LES FEMMES SERPENTS

L'œil du serpent

Il était une fois un homme et une femme qui vivaient heureux dans une montagne. Ils étaient contents de tout ; la seule ombre au tableau est qu'ils n'avaient pas d'enfant. Un jour, la femme, qui jusqu'ici se portait bien, mourut des suites d'une mauvaise grippe. L'homme l'enterra en pleurant. Dès lors, inconsolable, il menait triste vie.

Un jour, une belle jeune fille, venue on ne sait d'où, demanda l'hospitalité. Comme il se sentait solitaire, il l'accueillit volontiers, mais, le lendemain, elle ne montra aucune velléité de s'en aller. Elle allait ici et là, s'occupant de tout et de rien. Ils finirent par devenir mari et femme et bientôt elle devint grosse.

Le terme arrivé, elle émit le désir de s'enfermer dans une cabane et demanda que l'on n'essaie pas de la regarder jusqu'à ce qu'elle sorte. Au début, l'homme respecta cet interdit, mais au bout de quelques jours, inquiet de ce qui pouvait se passer derrière la cloison, il jeta un regard furtif à travers un trou du bois.

Et que vit-il là ? Un gros serpent effrayant qui entourait un nouveau-né. Il faillit pousser un cri d'effroi. « Mais non, mais non, retiens-toi. Même s'il s'agit d'un être diabolique, puisque je suis uni à lui, je dois respecter sa volonté. Je n'aurais pas dû la voir. Qu'ai-je fait ! » Et, plein de remords, il s'en retourna dans sa chambre en gardant le silence. Au bout de sept jours, la femme sortit de la cabane, tenant un beau bébé dans ses bras. Elle s'effondra en larmes en disant : « Je voulais m'unir à toi à jamais mais il nous faut nous quitter dès aujourd'hui. Pourquoi as-tu regardé à l'intérieur de la cabane, violant ainsi la promesse que tu m'avais faite ? Tu m'as vue sous ma vraie forme. Après cette honte, je ne peux plus rester ni conserver ma forme humaine. Je m'en vais vers le marais de la montagne ; élève bien notre enfant. »

L'homme, désespéré, la pria de rester au moins jusqu'à ce que cet enfant ait grandi. Il ne saurait l'élever sans elle. Alors la femme, s'arrachant l'œil gauche, lui dit : « Tiens, donne-le à l'enfant pour qu'il le suce quand il pleurera. » À peine eut-elle dit ces mots qu'elle prit la forme d'un gros serpent et, pchou, pchou, rampa vers le marais de la montagne.

Le père donna le nom de Botaro à l'enfant. Lorsqu'il pleurait, il lui faisait sucer l'œil de la mère et l'enfant grandit ainsi. Mais, à force d'être sucé, l'œil se réduisait de plus en plus et finit par disparaître. Désormais privé de l'œil, l'enfant n'arrêtait plus de crier, malgré les efforts de son père pour le calmer. Alors, mettant l'enfant sur son dos, il s'en alla voir sa femme au marais de la montagne. Arrivé là, il cria : « Où es-tu, mère de mon enfant ? »

Le gros serpent surgit des profondeurs des eaux. « Que veux-tu ? demanda-t-elle.

— Depuis ton départ, j'ai laissé à l'enfant ton œil à sucer, mais il n'en reste plus rien. C'est pour ça que l'enfant ne cesse de crier. »

À cette nouvelle, le serpent répondit tristement : « Alors je vous donne l'autre œil, mais, sans yeux, je ne distinguerai plus le jour de la nuit. Je te prie donc d'élever un clocher et de faire retentir la cloche le matin et le soir. »

Cela dit, elle s'arracha l'œil qui lui restait et, le mettant dans la main de l'enfant, le serpent, le visage ensanglanté, disparut au fond de l'eau.

Le père, pensant combien il devait être douloureux d'être aveugle, fit l'offrande d'un clocher au temple Miné, au bord du marais, comme l'avait demandé sa femme, et fit sonner la cloche à six heures du matin et du soir pour qu'on sache l'heure.

L'enfant, suçant l'œil de sa mère, continua de grandir. Ayant appris que sa mère habitait le marais, il s'y rendit un jour et l'appela. Le serpent en surgit en reprenant une forme humaine. Étant aveugle, elle ne pouvait voir les traits de son enfant, mais elle parcourut son visage en le tâtonnant. Botaro, la prenant sur son dos, l'amena chez eux. Il fit construire une chambre pour elle, lui servit de bonnes victuailles et remplit ainsi son devoir filial.

(Iwate, Kazuo Kikuchi)

L'œuf de l'aigle

Un jour du temps passé, un garçon vit en se promenant un serpent poursuivre une grenouille. Le serpent attrapa la grenouille et allait l'avaler lorsque le garçon s'écria : « Quelle pitié ! Ne veux-tu pas lâcher cette grenouille ? » Le serpent la lâcha.

Un peu plus tard, alors que le garçon était seul, le serpent vint vers lui, sous l'apparence d'une belle fille. « Bonjour.

— Bonjour.

— Tu me permets de me reposer chez toi ?

— Fais comme tu veux.

— Tu es seul ?

— Oui, car je suis trop pauvre pour me marier, dit le garçon.

— Alors je serai ton épouse. »

Comme c'était une belle fille qu'il n'avait jamais vue, le garçon s'étonna : « Tu veux m'épouser, moi, si misérable ?

— Oui, et dès aujourd'hui.

— Bon, si c'est ce que tu veux, c'est entendu. »

Il s'unit alors à elle. Mais, après quelque temps, le garçon se mit à dépérir à vue d'œil ; son visage devenait de plus en plus pâle, il se sentait de moins en moins bien.

Un jour, une devineresse passa. Le garçon lui demanda : « Je ne me sens pas bien. Fais un peu de divination pour voir ce qui ne va pas chez moi. »

Alors, consultant les bâtons, elle dit : « Tu es possédé par un serpent qui est venu chez toi sous la forme d'une fille. Il te suce le sang pendant que tu dors la nuit. Si tu continues comme ça, tu ne tarderas pas à périr, vidé de tout ton sang.

— Mais que faire ?

— Si tu m'écoutes bien, tu peux te débarrasser du serpent.

— Raconte-moi cela.

— Sur la montagne, derrière la maison, il y a un grand sapin. Au sommet de ce sapin, il y a un nid d'aigle. Tu n'as qu'à dire que tu guériras si tu manges un œuf de l'aigle qui est là. Dis : "Je veux que tu ailles chercher un œuf de l'aigle qui est sur cet arbre. Si j'avale cet œuf, je serai rétabli. Apporte-moi cet œuf, je t'en prie." Si c'était une femme ordinaire, elle refuserait, mais comme il s'agit d'un serpent, il montera facilement dans l'arbre et rapportera autant d'œufs que tu voudras.

— Bon, très bien. »

C'est en l'absence de la femme qu'il avait consulté la devineresse. Il inventa donc une histoire : « Tout à l'heure, j'ai consulté une devineresse qui m'a dit que je me rétablirais si je prenais un œuf d'aigle. Je crois qu'il y a un nid d'aigle dans un arbre derrière la maison, ne veux-tu pas aller chercher cet œuf pour moi ?

— Oui, je le veux bien. J'irai vers le soir.

— C'est mieux, car les oiseaux ne voient pas la nuit ; vas-y donc tard cette nuit. »

Et elle partit à la nuit tombante. Elle avait alors la silhouette d'une fille, mais comme elle était en fait un serpent, c'est sous la forme d'un serpent qu'elle grimpa dans l'arbre pendant que les aigles dormaient. Mais, arrivé au sommet, le serpent fut accueilli par les aigles alertés. Pour que le serpent n'avale pas leurs petits, les aigles déchiquetèrent le serpent et les débris du corps tombèrent en vrac, plaf ! plaf !

Le lendemain, le garçon alla dans la montagne et vit un gros serpent découpé en morceaux, gisant au pied de l'arbre. C'était sa femme. « Voilà qui est bien fait, je l'ai échappé belle, mais c'est bien dommage car, quoique serpent de nature, c'était tout de même une belle femme. » Et il la pleura.

(Ishikawa, Hanako Morikawa)

La mariée au corps de serpent

Il était une fois un gros marchand de vin qui employait une vingtaine ou une trentaine de jeunes gens. Parmi eux, se trouvait un orphelin qui travaillait là depuis sa plus tendre enfance. Il était honnête et d'un caractère aimable.

Dans cette maison, il y avait une fille aînée, âgée de dix-sept ou dix-huit ans, mais personne ne venait s'offrir comme gendre ni demander la main de cette fille. Les parents se perdaient en mille conjectures. C'était la fille la plus ravissante du monde mais elle péchait par un point : elle avait un corps de serpent. N'ayant pas d'autre solution, les parents demandèrent à notre garçon de l'épouser.

« Si c'est la volonté de mon maître, dit le garçon, comme je vous suis grandement redevable de vos bontés depuis mon enfance, j'accepterai volontiers votre offre. »

Après les noces, vint le moment du banquet.

C'est le moment où, traditionnellement, la mariée sert le saké aux invités.

« Si la mariée ne nous sert pas le saké ce soir, cela ira très mal, disaient les jeunes employés. Viens vite nous servir, nous sommes impatients ! »

La mariée implorait désespérément les dieux : « Faites qu'ils n'ouvrent pas la cloison, je vous en supplie, ayez pitié de moi ! »

Mais, parmi les jeunes gens, l'un d'eux, particulièrement effronté, ouvrit d'un seul coup la cloison, en la priant : « Viens vite nous servir ! »

La mariée poussa un cri : « Ah !… » et, au même instant, scrritch, sa peau de serpent se déchira d'un seul coup, laissant apparaître la silhouette d'une belle femme.

Ceux qui se comportent indignement dans ce monde prennent, quand ils renaissent sur la terre, des formes étranges. C'est du moins ce que l'on dit.

Siffle ! siffle
le vin nouveau !

(Akita, Shié Oubuchi)

La métamorphose d'Oriya

Il était une fois un homme et une femme qui vivaient heureux avec un enfant. L'homme était un chasseur. Il sortait tous les jours avec son fusil en disant à sa femme Oriya de ne jamais manger la viande marinée dans le miso et conservée dans un pot, car ce n'est pas une chose que les femmes mangent. Il disait aussi de ne jamais soulever le couvercle.

Plus on nous interdit de manger quelque chose, plus l'envie nous en prend, vous savez ça ! Un jour, le mari parti, Oriya, ne pouvant se retenir, finit par ouvrir le couvercle. Comme cela avait l'air très appétissant, elle mit un petit morceau de viande à griller en se disant que l'absence d'un si petit morceau passerait inaperçue. La grillade sentait si bon qu'elle en goûta un peu. Hum ! C'était fameux ! Elle mangea le tout, morceau après morceau. Cela lui donna soif. L'eau de la bouteille conservée à la cuisine ne suffit pas à étancher sa soif. Elle avala toute l'eau du ruisseau qui coulait devant chez elle.

Insatiable, après avoir posé l'enfant dans son lit, elle alla à la mare qui se trouvait derrière leur maison. En y entrant, son corps s'allongea, se recouvrit d'écailles et elle devint un gros serpent. L'enfant, qui avait suivi sa mère jusque-là, pleurnichait tout au bord de l'étang. L'homme ne trouvant pas sa femme à son retour, averti par les cris de l'enfant, alla derrière la maison et vit surgir de l'eau un gros serpent de plus de trois mètres. Le serpent lui dit : « Regarde, je suis ce monstre à présent. C'est ma faute car j'ai mangé la viande marinée dans le miso à laquelle tu m'avais défendu de toucher. Pardonne-moi. »

Bientôt, elle disparut hors des regards sous les ondes agitées. L'homme, désespéré, rentra en larmes chez lui avec son enfant.

Quelque temps après, l'étang devenant trop étroit pour Oriya métamorphosée en serpent, elle déménagea pour aller au-dessous du col et elle vécut là en mangeant les voyageurs. Un jour, un aveugle, apprenti conteur de joruri[1], au-delà du col, reprit le chemin du village, ayant terminé ses deux ans d'apprentissage. Quand il passa le col, le jour était déjà tombé. Aucune auberge à l'horizon. Il décida donc de passer la nuit à la

1. Joruri : récitation dramatique.

belle étoile. À la nuit noire, se sentant solitaire, il commença à chanter une de ses histoires en s'accompagnant du shamisen[1].

Oriya, qui entourait sept fois le col de ses anneaux, attirée par la musique et prenant de l'intérêt à ce joruri, sortit et dit à l'aveugle : « Je suis le gros serpent qui habite ce col. Ta musique me touche. Joue un autre air. »

L'homme, surmontant sa frayeur, commença à raconter une histoire, alors le serpent lui dit : « Ne parle de moi à personne. Si tu racontes ce que tu as vu, tu en perdras la vie. »

Sur ces mots, le serpent disparut dans je ne sais quel recoin.

L'aveugle, malgré la grande frayeur qu'il éprouvait, pensa qu'il ne fallait pas laisser en vie pareil monstre et il raconta en détail sa rencontre aux villageois. Cela causa grand émoi. « Alors, c'était ce serpent qui mangeait les gens ! » Apprenant cela, les villageois en colère se rassemblent pour fabriquer des pieux avec du bois de châtaignier, bois dont le serpent a horreur. Ils montent au col, armés de ces pieux et portant des tonneaux remplis de tanin de kaki. Ils plantent les pieux de châtaignier en faisant sept tours et répandent abondamment

1. Shamisen : guitare à trois cordes.

le tanin de kaki, si bien que le serpent, malgré sa grosseur effrayante, finit par passer de vie à trépas.

(Miyagi, Yono Hikichi)

L'étang de Toshima

Il y avait autrefois à Furuta de Fukue un bon tireur qui s'appelait Roku. Il n'avait jamais raté un coup et il devint le maître de chasse du seigneur de Toda. Un jour, par ordre du seigneur, il se rendit dans la montagne Maeyama mais, brusquement gagné par le sommeil, il s'endormit dans l'herbe.

Au bout d'un certain temps, il se réveilla en sentant la présence de quelque chose. C'était un serpenteau d'à peine trente centimètres de long qui s'apprêtait à passer par-dessus son pied. C'était un serpenteau d'une jolie couleur mais, ayant quelque mauvais pressentiment, il essaya instinctivement de l'ôter avec le bout de son fusil, puis il le perdit de vue.

À ce moment-là, il vit un gros sanglier débouler devant ses yeux de droite à gauche et, sans perdre une minute, il se leva, reprit son fusil et se mit à le poursuivre avec acharnement. C'est au pied du mont Sekitou, au village de Kameyama, qu'il le rattrapa.

Là, chargeant deux balles, il en tira une et crut atteindre la bête. Content de son coup, il s'approcha et vit non pas le sanglier, mais un gros serpent qui dépassait largement trois mètres de long et qui mourait en se tordant. Ahuri et dégoûté, il le regardait, lorsque se leva le vent du sud, accompagné de coups de tonnerre. Il ressentit un malaise et se dépêcha de rentrer chez lui.

Quand il raconta cela à sa femme, elle lui dit : « Ne penses-tu pas qu'il vaudrait mieux l'achever ?

— Oui, tu as raison. » Et, se munissant des balles d'or et d'argent conservées dans la maison depuis des générations, il alla l'achever. Le gros serpent était bel et bien mort. Après lui avoir coupé la tête, il la rapporta à la maison, mais il fut pris soudain d'une lourde fatigue et de frissons dans le dos. Disant qu'il n'avait pas envie de manger, il se coucha et bientôt il fut pris d'une fièvre galopante que l'on ne put apaiser. Il mourut sans tarder.

Sa femme, qui était alors enceinte, accablée de douleur, se lamenta, comme on peut facilement l'imaginer. Mais il n'y avait plus rien à faire. En demandant l'aide des voisins, elle organisa les funérailles et fit ensevelir le corps au temple.

Bientôt elle mit au monde un enfant qu'elle nomma Okusu, et qu'elle éleva avec amour. C'était une fille ravissante que tout le monde prenait en affection mais, à l'âge de dix-sept ou dix-huit ans, elle commença à divaguer. « Je suis le maître de l'étang de Toshima, je mangerai les gens, je les mangerai quand je serai grande », disait-elle en jetant des regards furibonds et en tirant furtivement la langue. Il y avait de quoi trembler de peur quand on la voyait dans cet état, même pour sa propre mère. Bientôt elle se mit à poursuivre les femmes et les enfants, en divaguant de la sorte, lorsqu'elle se promenait dans le village. Alors, la mère, craignant quelque malheur, finit par enfermer sa fille dans un cachot aménagé dans la maison.

Un soir, c'était au mois de mai du calendrier lunaire, il pleuvait depuis longtemps lorsque la fille commença à se démener dans le cachot. « Je vous mangerai, je vous dévorerai tous. »

En l'entendant, la mère, se demandant par quel coup du sort sa fille avait été amenée à se conduire ainsi, resta plantée là, désespérée. Fut-elle consciente de sa présence ou non, la fille continuait néanmoins de divaguer, en lançant des regards furieux : « À l'étang de Toshima, à l'étang de Toshima », et ces paroles dites d'une voix déchirante étaient vraiment pitoyables à entendre. Mais, comme elle était impuissante, la mère s'enferma dans une pièce d'où elle ne voyait pas le cachot et, gardant les yeux fermés, elle resta assise, sans bouger.

« Roku, Roku, joins ta force à la mienne pour sauver notre fille. »

Il lui sembla qu'à force de prier, elle avait réussi à faire revenir la paix dans le cachot, et cela la soulagea : « Okusu a dû aussi se calmer maintenant. » Puis, l'excès de fatigue la fit s'assoupir.

Revenue à elle, elle vit que la pluie continuait de tomber. « Qu'est devenue notre Okusu ? » Jetant un coup d'œil dans le cachot, elle laissa échapper un cri. La fille n'était pas là, le mur avait une brèche. « Toute monstrueuse qu'elle est, ma fille est ma fille », bramait la mère et elle partit à sa recherche avec l'aide des villageois. Elle arriva bientôt au bord de l'étang de Toshima. Comme il y avait des habits et des sandales au pied de trois pins, les villageois la cherchèrent jusque dans l'étang.

On ne trouva pas le corps. La mère, de chagrin, mourut l'année suivante. Les villageois tremblèrent d'effroi en chuchotant entre eux que c'était l'effet d'une malédiction jetée par le maître de l'étang.

(Aichi, Chizuko Yamamoto)

Les sandales mouillées

Il me semble que cela s'est passé dans un village du canton de Miné. Un jour, le jeune garçon de la maison du notable rencontra une belle, quelque part en chemin. Peut-être bien qu'il lui a expliqué qui il était et à quelle maison il appartenait. Le fait est qu'au bout de quelques instants, il lui a demandé sa main. La belle accepta de bon cœur sa proposition, et elle devint son épouse.

Le garçon l'amena chez lui et ils vécurent ensemble. Mais, chose curieuse, tous les matins il constata que les sandales de paille (car autrefois on fabriquait les sandales avec de la paille) étaient mouillées comme si elles avaient trempé longtemps dans l'eau. Cela se répétait chaque matin. S'il s'était agi d'autre chose, comme c'était la femme dont il s'était épris et que c'était lui qui l'avait amenée à la maison il n'aurait rien dit, mais comme cela se répétait depuis des années et des années, et qu'il n'y avait pas de jour où les sandales ne fussent mouillées, il se décida à tirer l'affaire au net, un jour ou l'autre.

Une nuit, tout en faisant semblant de dormir, il resta les yeux ouverts, car il voulait voir de ses propres yeux ce qui se passait et ce qu'elle faisait. Vers deux heures du matin, sa femme, surveillant le souffle de l'homme, s'échappa de son lit. Le garçon la suivit sur la pointe des pieds sans faire de bruit. La femme fonça vers la montagne. Quand ils furent arrivés devant un étang, lui se cacha derrière quelque chose comme un rocher et observa la scène. Sa femme plongea à l'endroit le plus profond, puis se mit à courir dans l'eau. Sa chevelure se dressait sur la tête, non pas comme des cheveux ordinaires, mais plutôt à la manière d'un bambou. Voyant cela, le garçon soupçonna que sa femme n'était pas une vraie femme. Et il s'empressa de regagner son lit dans la maison.

Bientôt la femme revint. Il vit se détacher sa silhouette. Elle avait toujours les cheveux dressés. Elle les arrangea juste avant de se recoucher. Le garçon était désormais persuadé que sa femme n'était pas une vraie femme. « Autrefois, on disait que les femmes sont des monstres, ou d'autres créatures de ce genre, mais ma femme n'est sûrement pas une femme », a-t-il dû se dire, parce que ça il l'avait vu de ses propres yeux. Il ne pouvait en douter.

Un jour, dans le cabinet, il trouva au fond de

la boîte à papier une chose enveloppée. Il ouvrit le paquet en se demandant ce que cela pouvait bien être, et il y vit un bras d'enfant que sa femme aurait gardé là en l'enveloppant dans du papier. Il sut alors que sa femme était une goule[1] et non une femme. « Si je laisse échapper des mots imprudents de ma bouche, moi aussi je serai dévoré », pensa-t-il, mais comme il était certain de pouvoir se contrôler, il osa l'interroger, tout en restant sur ses gardes : « Je t'ai vue sous ta vraie nature. Mais ce que tu gardes dans le cabinet, qu'est-ce que c'est ? » Alors la femme sortit de la maison sans mot dire, comme en s'évanouissant.

À la suite de ces événements, s'attendant à quelque attaque, il se fit soigneusement garder par plusieurs dizaines de ses hommes, mais personne n'aperçut la femme. Il semble que le monstre ait été à ce moment-là au lieu-dit Aré. Là-bas, il y a une rivière qui s'appelle la Rivière au Serpent, et il y a, paraît-il, dans cette rivière un trou, un assez grand trou, et l'on croit que ce serait dans ce trou que le monstre aurait habité. Un jour, quelqu'un fut attaqué par ce monstre à cet endroit, mais comme il était à cheval, il se

1. Goule : le conteur dit « serpent », mais le mot « serpent » désigne aussi le monstre qui tient à la fois de la goule et de l'ogre, surtout quand on le prononce *ja* à la manière des Chinois. Ce monstre se révèle petit à petit sous sa vraie forme de serpent, tout en conservant le caractère du *ja*.

sauva à bride abattue. Le serpent renonça alors à poursuivre le cavalier. Peut-être que cet endroit était trop étroit pour lui et qu'il lui était impossible d'y dissimuler sa vraie nature ? Oui, c'est peut-être pour cela que le monstre est parti vers le mont Miné. Comme on le cherchait en vain depuis plus d'un an et qu'on n'entendait plus parler de lui, le croyant mort quelque part, l'homme épousa une douce jeune fille du village et, dès l'année suivante, ils eurent un enfant ; c'était une fille.

Quand cette enfant atteignit l'âge de treize ans, on alla à la plage. C'était à la veille de la fête du trois mars en l'honneur des filles[1]. Alors, du large, quelque chose de monstrueux apparut. Cette chose s'approcha des gens qui se trouvaient sur la plage en courant au-dessus des vagues. Lorsqu'elle fut déjà tout près, ils s'écrièrent : « C'est le monstre ! » et se mirent à fuir. Mais, dans la débandade, la femme du jeune homme tomba, ses sandales s'étant accrochées dans une fente entre deux pierres. Elle aurait dû courir laissant là ses sandales, mais, voulant se rechausser, elle essaya de tirer les sandales d'entre les pierres. Sur ce, le serpent fondit sur elle et l'avala d'un seul coup. Tout le monde arriva à se sau-

1. Fête des filles : le trois mars, on fête les filles avec des poupées représentant le couple royal et sa suite. Dans certaines régions, on présente des offrandes au dieu de la Mer, en laissant des coquillages sur la plage.

ver sauf cette femme qui fut mangée par le gros serpent.

« Voilà pourquoi on ne la trouvait nulle part, elle était dans la mer. Il faut que je l'extermine de mes propres mains », se dit le jeune homme. Après avoir bien réfléchi sur les divers moyens à employer, le deux mars, anniversaire de la mort de sa femme, il prépara un baril plein de braises, une poupée de paille qu'il habilla et qu'il coiffa d'une serviette. Il mit cette poupée sur le baril et, au moment de la marée basse, il mit le tout sur la grève et se posta lui-même sur la branche d'un pin qui se trouvait au-dessus d'un monticule. Il était là, fusil à la main, à attendre l'arrivée du monstre, qui ne tarda pas à venir, la gueule grande ouverte. En arrivant à la grève, le monstre avala d'un seul coup la poupée. « Bien joué, puisqu'il a avalé cela, il est perdu. » Tout en spéculant ainsi, le garçon chargea une balle dans son fusil à mèche et tira sur le monstre. Le serpent se précipita jusqu'au pied du pin et, entourant le tronc avec sa queue, il se mit à l'arracher du sol. « Il ne faut pas le laisser faire », pensa l'homme, et il s'apprêta à mettre la seconde balle dans son fusil. Mais le pin commença à s'ébranler de sorte que la branche touchait terre à certains endroits, car le serpent étreignait l'arbre avec force.

À ce moment-là, le monstre fut pris d'une telle rage que le baril qu'il avait avalé éclata dans son ventre. Les tripes brûlées, le serpent se tordait de douleur. Il se contorsionnait en poussant des cris effroyables, et alla se briser le front contre la grève. Depuis, on appelle cette grève la grève-casse-crâne. Selon la légende, il y aurait à un autre endroit du village une autre grève où le monstre aurait laissé sa marque en l'entourant sept fois et demie.

Après cela, le monstre remonta dans la montagne et y mourut, dit-on. Quelques dizaines ou centaines d'années après, je ne sais combien exactement, des gens venaient encore chercher des os du monstre, après avoir entendu cette histoire. On disait qu'ils venaient de Honshu en voilier. Ce devait être au début de l'ère de Meiji, ou un peu avant. On disait que c'était pour fabriquer quelque médecine, une médecine qui guérissait tout.

C'était l'histoire d'une femme transformée en gros serpent.

(Fukuoka, Shigeta Yamazaki)

Le tambour de l'ogresse

Il y avait autrefois un vieil homme et une vieille femme qui vivaient avec leur fils.

Un jour, le vieux, en allant dans la montagne ramasser du bois, vit venir une femme vêtue splendidement. Il s'adressa à elle : « Pourquoi venez-vous dans la montagne, parée de si beaux atours ?

— Je voyage pour trouver un homme qui me conviendrait comme époux », répondit la femme.

Après un moment de réflexion, le vieil homme lui dit : « J'ai un fils qui cherche maintenant une femme à marier ; ne voulez-vous pas devenir son épouse ? »

La femme, toute réjouie, vint au village avec l'homme et ils commencèrent à vivre heureux tous ensemble. Mais, à minuit passé, cette femme sortait de chez eux, même par grand froid.

Intrigué, le jeune homme suivit un jour sa femme pour connaître la clef de l'énigme. Il la vit entrer dans une maison, sous la forme d'une ogresse rouge, et s'emparer d'un enfant qu'elle déchira à belles dents sur le seuil de la porte. À mesure qu'elle le croquait, son menton dégoulinait de sang, et crac, crac, cela faisait un bruit épouvantable, comme si elle mangeait des légumes salés. Épouvanté, l'homme regagna son foyer à toutes jambes et fit semblant de n'avoir rien vu. La femme rentra, après avoir repris son apparence de femme, si élégamment vêtue qu'il aurait été impossible de la reconnaître comme l'ogresse de tout à l'heure.

Le lendemain, le garçon, ne pouvant maîtriser son effroi, annonça : « Je pars travailler pendant trois ans au village voisin. Attends-moi vaillamment. »

Il alla travailler comme chef des vendeurs dans une grande maison de commerce, dans un village situé à une vingtaine de lieues de là. Bientôt, il se mit en ménage avec une des filles de la maison. Ils s'établirent en dehors de la maison parentale, vécurent heureux de longues années, avec un petit chien qu'on leur avait donné. Un jour, le garçon dit à sa femme qu'il allait voir ses vieux parents. Retourné chez lui, il ne retrouva rien dans la maison. Plus de traces ni de son père, ni de sa mère. En écartant les herbes folles qui poussaient tout autour, il éprouva un sentiment de nostalgie. Il tomba enfin sur sa femme ogresse qui faisait un somme dans les herbes en ronflant bruyamment. Celle-ci, entendant le bruit que son époux faisait en froissant les herbes, se réveilla joyeusement et lui dit : « Tu es de retour, cela mérite bien une danse. » Et, sortant un petit tambour, elle ajouta : « Frappe celui-ci ; moi, je vais puiser de l'eau dans le puits. »

Cela dit, elle alla dans un coin pour s'aiguiser les dents avec application.

Tandis que l'homme tapait sur le tambour, deux souris pointent leur museau : « Dépêche-toi de te sauver, ou tu seras mangé bientôt. Nous nous occupons du tambour. »

Les deux souris, boum ! boum ! frappent le tambour avec leur queue. Pendant ce temps, l'homme prend la poudre d'escampette.

Croyant que c'était son époux qui frappait le tambour, l'ogresse revint, arborant un visage vermeil, prête à se régaler. Mais, constatant que son époux s'était envolé, elle devint cramoisie de fureur et partit à sa poursuite. Elle faillit le rattraper alors qu'il était au bord de l'épuisement. Il courait tout essoufflé quand il vit trois pins. Il grimpa sur l'un d'eux. L'ogresse arriva au pied des pins et se mit à les grignoter pour les faire tomber. Deux arbres s'abattirent bientôt. L'homme put s'agripper au troisième. Voyant que ce dernier pin allait lui aussi s'abattre, il crut sa dernière heure venue mais, lorsque l'arbre commença à s'incliner, le chien qu'on leur avait donné accourut rapidement et sauta sur l'ogresse qu'il étrangla. C'est ainsi qu'il sauva son maître. Ils rentrèrent ensemble à la maison et ils vécurent heureux.

Souris partie, tambour rangé,
le conte est fini.

(Kagoshima, Meto En)

LES ÉPOUSES DU SERPENT

Le serpent galant et les pois grillés

Il était une fois une belle fille. Arrivée à l'âge de se marier, elle commença à recevoir tous les soirs un bel inconnu. Comme les parents entendaient tous les soirs des propos joyeux dans la chambre de leur fille, inquiets, ils regardèrent par un trou de la cloison de papier. Un beau garçon d'allure bizarre se trouvait là. Ils conseillèrent à la fille de l'éprouver d'une manière ou d'une autre.

Le soir suivant, elle grillait des pois dans une marmite lorsque le garçon arriva. Elle lui dit : « Je vais derrière la maison, pendant ce temps, grille ces pois si tu veux bien. » Elle va à côté et regarde par un trou de la cloison du fond. Le garçon s'était transformé en serpent et, enroulé autour de la crémaillère, il tournait les pois dans la marmite avec sa queue. Épouvantée par cette vision, la fille rapporta le fait à sa mère. Celle-ci lui dit alors de préparer des boulettes de millet et de les faire manger au garçon. La fille dit au garçon qu'elle le ferait manger et lui donna les boulettes de millet qu'elle avait préparées. Après les avoir mangées, le garçon se plaignit de maux de ventre et partit sans attendre le matin.

Le lendemain matin, voulant voir les traces du passage du serpent, le père inspecta les alentours de la maison. Il vit la trace d'un animal qui s'était tordu, puis il vit s'allonger la trace, droite comme celle d'un bâton. En la suivant, il découvrit un gros serpent qui se tordait de douleur dans un trou, au pied d'un madano[1]. Il le coupa en mille morceaux avec une faux et l'acheva. Depuis, la fille ne reçut plus la visite du beau garçon.

(Iwate, Kizen Sasaki)

1. Madano : sorte de tilleul *(Tilia japonica)*, arbre magique particulier aux régions du nord du Japon.

Le serpent épinglé

Il était une fois une jolie fille dans une montagne. Lorsqu'elle devint adolescente, un beau garçon commença à la fréquenter. S'en apercevant, la mère s'en inquiéta et demanda à sa fille : « J'entends toutes les nuits des voix dans ta chambre, est-ce que tu reçois quelqu'un ?

— Depuis quelques jours, un garçon vient tous les soirs, mais il ne dit jamais son nom ni l'endroit où il habite, répondit la fille.

— Alors, dit la mère, prends une aiguille et fais un point sur le col de son habit. »

La fille suivit les instructions de sa mère.

Le lendemain, le fil qu'elle avait attaché au col de l'habit du garçon passait par le trou de la cloison de papier et se prolongeait très loin. La fille, intriguée, suivit le fil loin, loin. Le fil disparaissait dans une grotte de la montagne. À l'entrée de la grotte, il y avait une grille qui empêchait les gens de pénétrer à l'intérieur. On entendait des gémissements de douleur. La fille s'annonça : « C'est moi, je suis venue ! » et, de la grotte, une voix qu'elle connaissait répondit : « Ah, te voilà, je pensais bien que tu viendrais. Aujourd'hui, comme je me suis grièvement blessé, je ne peux pas te voir. Rentre chez toi sans rien dire, maintenant. Je ne te reverrai plus jamais de ma vie. C'est fini. Nous ne serons plus ensemble. »

La fille, attristée, insista : « Rien ne m'effraie. Parle-moi de ce qui t'est arrivé, et montre-moi ton visage encore une fois. »

Alors l'homme, en lui demandant de ne pas prendre peur quoi qu'il arrive, montra sa tête. L'aiguille qu'elle avait cru piquer dans le col était plantée au milieu, entre les sourcils, et le visage était en sang. Le gros serpent dit alors : « Bien que je sois dans cet état, je ne t'en veux pas. Mais prends bien soin de l'enfant que tu portes dans ton sein. Cet enfant fera de grandes choses. » Et sur ces mots, il expira.

(Iwate, Kimiko Nozaki)

Le serpent samouraï

Il était une fois une chaumière solitaire dans une localité du nom de Takabatake. Ses habitants avaient une jolie fille. Un jour, ils allèrent chez un de leurs parents assister à un service religieux en l'honneur des morts. La fille, restée toute seule, filait le lin lorsqu'un samouraï magnifique surgit au-devant d'elle : « Oh ! quelle jolie fille ! » lui dit-il en avançant dans la masure jusqu'auprès du foyer. Il essaya de défaire la ceinture de la fille. Mais comme il avait l'air bizarre, la fille transperça le bas de la robe de l'homme avec l'aiguille qu'elle venait d'enfiler. Le garçon blêmit et partit sur-le-champ, laissant là la demoiselle.

Une fois le service religieux terminé, les parents rentrèrent à la maison et trouvèrent leur fille, pâle et la mine défaite. Assaillie de questions, elle leur raconta que pendant leur absence un magnifique samouraï était venu et qu'elle avait planté son aiguille dans le pan du kimono du jeune homme.

Le lendemain, suivant le fil sur un long chemin, le père découvrit un gros serpent qui se tordait de douleur dans les broussailles derrière la maison. Il avait à la tête une piqûre fatale. Il ne tarda pas à mourir.

(Iwate, Naoji Daidou)

L'épouse du serpent qui devient elle-même serpent

C'est une histoire du temps passé. Un jour d'été, un homme alla vérifier le niveau d'eau de sa rizière. Mais il la trouva sans eau. La rizière était asséchée. Il trouva cela fort ennuyeux. Soudain, à la hauteur de l'écluse, il vit un serpent. Il n'était pas bien grand, un serpent brun-rouge.

« J'ai dix hectares de terre qui ne donneront plus rien. Si tu veux bien les irriguer, je te donnerai parmi mes trois filles celle que tu préfères », dit l'homme au serpent. Le serpent ne dit mot, mais, le lendemain matin, l'homme vit tous ses champs se remplir à grande eau. Quelque temps après, comme l'homme avait dit qu'il donnerait celle parmi ses trois filles qu'il préférait, le serpent vint la lui réclamer.

« Je suis venu pour que tu accomplisses ta promesse », dit le serpent transformé en jeune homme. Le père dit à chacune de ses trois filles d'aller l'épouser, mais toutes firent la sourde oreille. N'est-il pas normal de réagir ainsi ? On n'aime pas cela. Mais la fille qui s'appelait Naka dit enfin : « Si c'est la volonté du père, il faut s'y soumettre. Je consens à épouser le serpent. »

Comme elle avait commencé un tissage, elle partit en traînant son métier derrière elle, même au moment de traverser la rivière. Les traces du métier restèrent longtemps en creux dans le chemin.

Quand elle partit, elle avait toute l'apparence d'une fille. À l'occasion des fêtes de la saison, elle revint chez elle se reposer. La nuit, au moment d'aller se coucher, elle emporta un bol d'eau dans sa chambre. Peut-être pour ménager un peu sa mère, elle l'avertit : « N'essaie jamais de me regarder dormir. » Mais vous connaissez la musique, si on nous dit de ne pas voir quelque chose, nous n'avons de cesse de le voir. La mère jeta un œil dans la chambre. Une grosse serpente s'étalait là, remplissant la pièce de huit tatamis qu'elle avait transformée en plan d'eau. Elle y jouait avec son enfant sur son ventre. Mais, ayant été vue sous cette forme, elle ne revint plus jamais.

(Gifu, Michi Hayashi)

L'épouse du serpent transformée en serpent

Il était une fois une famille qui avait une fille comme vous[1]. C'était une année de sécheresse, il ne pleuvait point. Les paysans en souffraient beaucoup. Les rizières étaient sèches, les champs l'étaient aussi. Quoi qu'on plantât, rien ne poussait. « C'est une catastrophe », dit le père en allant jeter un œil sur ses rizières. À côté des rizières, il y avait un réservoir d'eau et, sur le bord de ce réservoir, un petit serpent était allongé. C'était un serpent noir. Le père, croyant que le serpent ne l'entendrait, n'ayant pas d'oreilles, ni ne parlerait, s'adressa à lui : « Nous sommes bien en peine, ne voudrais-tu pas provoquer la pluie ? Je te donnerai ma fille en échange. » Et, après avoir lâché ces mots, il s'en retourna chez lui. Pendant la nuit, il commença à pleuvoir à verse. C'était effrayant à voir, mais toutes les ri-

1. « Comme vous » : le conteur s'adresse ici à l'étudiante qui prenait ce récit en note.

zières se remplirent d'eau, au grand contentement des paysans.

Un peu plus tard, un jeune homme vint demander au paysan la main de sa fille et, comme il ne pouvait faire autrement, il la lui accorda. C'était le serpent qui avait pris forme humaine. Si le serpent était venu sous sa forme naturelle, personne ne lui aurait rien accordé, puisqu'il n'aurait pu parler. Il était le maître du réservoir. En réalité, c'était un énorme serpent, gros comme ça. Au jour, il paraissait minuscule, mais, en fait, c'était un grand gros serpent comme ça.

La fille, après avoir été amenée par le serpent, revint passer la nuit chez ses parents, à la fête d'été ou du nouvel an, je ne sais plus. Après le dîner, la fille demande aux parents : « On va se coucher, mais n'essayez jamais de voir l'intérieur de ma chambre. » « Ce n'est pas une chose à dire », se dit le père, et il jeta un œil discrètement, en élargissant la fente des cloisons. Un serpent gros comme ça y était allongé, comme une corde. Le lendemain matin, après le petit déjeuner, elle annonça : « Je t'avais demandé de ne jamais regarder. À présent que tu m'as vue, je ne peux plus venir ici. » Elle s'en alla et ne revint plus jamais.

(Aichi, Shigemitsu Tahara)

La maîtresse de l'étang

C'était à une époque que je ne saurais préciser. C'était une année où il ne pleuvait pas ; les saisons étaient déréglées. À cette époque, s'il ne pleuvait pas, on ne pouvait pas réaménager les rizières pour faire le repiquage du riz. Hélas, que faire ? Le mois de mai allait bientôt finir pour laisser la place au mois de juin, mais s'il ne pleuvait point, comment repiquerait-on le riz ?

« Qu'allons-nous faire, la vieille ?

— On nous demande toujours de payer notre tribut. À nous paysans, ils vont tout nous prendre jusqu'à notre dernière chemise, pas vrai, mon homme ?

— Si c'est comme ça, les paysans n'auront plus qu'à crever de faim, que faire ? Quel moyen prendre ? Comment nous en sortir ? »

C'est ainsi qu'on se creusait la tête, tous les jours, avec angoisse.

Nos paysans avaient une fille de dix-sept ou

dix-huit ans. Faute de trouver mieux, la solution, ils l'avaient trouvée dans la bouteille.

« Tu veux boire un coup ?

— Pourquoi pas ? Ça ira mieux. Oui, je boirais bien une petite lampée !

— Bon, je vais acheter du saké et de quoi manger avec. Pendant ce temps-là, dresse la table et mets de l'eau à chauffer.

— C'est ça, je m'occupe de ça, reviens vite. »

Et le vieux partit chercher du saké avec le gros pichet des pauvres, comme on en trouvait autrefois. Tandis qu'il cheminait ainsi pour acheter le saké, un serpenteau surgit des herbes. « Si tu arrives à faire pleuvoir, je te donnerai ma fille unique, mon seul trésor. »

Alors, le serpent dressa la tête, comme ça : « Est-ce que j'ai bien entendu ? Est-ce que tu m'accepterais comme gendre ?

— Oui, pourquoi pas ? Si tu arrivais à faire pleuvoir, je te donnerais volontiers ma fille unique chérie, alors vas-y ! fais tomber la pluie. »

Puis le vieux repartit. Après avoir acheté le saké et des choses pour l'accompagner, il rentra et dit : « Holà, je suis de retour !

— L'eau est déjà chaude, tu peux tout de suite mettre le saké à chauffer.

— Donc, moi je vais préparer le repas. »

Il se mit à la cuisine et tout fut bientôt prêt. « Nous y voilà ! Buvons un coup ! »

Ils se mirent à boire et, tout en buvant, il raconta : « J'ai rencontré en chemin un serpent. Je lui ai dit que je lui donnerais notre unique fille s'il voulait bien faire pleuvoir.

— Quelle bêtise, un serpent n'a pas d'oreilles. D'ailleurs il ne pleuvra pas. »

Ils se parlaient ainsi entre deux gorgées. Tout en dégustant son saké, le vieux regardait le ciel quand il remarqua un nuage tout rond comme une boule, tout là-haut dans le ciel. « C'est quoi, ce nuage-là ? » se demanda-t-il. Le nuage devenait de plus en plus rond. « C'est peut-être un nuage de pluie. Mais oui ! il semble bien que ce soit un nuage de pluie », dit-il. Au bout d'un certain temps, plus précisément au bout d'une demi-heure, le nuage se développa tout d'un coup. « Il va pleuvoir. Nous sommes sauvés, la pluie va tomber ! » pensa-t-il, et il s'apprêtait à regarder tomber la pluie tout en sirotant son saké. Le nuage couvrit le ciel tout entier. Il entendit des roulements de tonnerre au loin. « Voilà, ça y est ! » se dit-il. Les coups de tonnerre s'approchaient en faisant un grand fracas, accompagnés de rafales de vent frais. « Oui, je ne me trompe pas, il va pleuvoir. »

À peine avait-il prononcé ces mots qu'il commença à pleuvoir. Il tonna. De grosses gouttes tombèrent. « Ce sera une belle averse », se dit-il, et déjà, il pleuvait des cordes. « Il faut que je ferme le volet pour que la pluie ne pénètre pas.

Après je serai tranquille. » Et il ferma le volet. Puis il entendit une pluie torrentielle, qui dépassa largement tout ce que l'on avait connu jusqu'ici. Il tomba plus de dix centimètres. Il pleuvait, pleuvait, la pluie ne cessa pas, pas même la nuit.

Lorsque le jour se leva, il y avait de l'eau partout. « Bon, ça y est, ça suffit maintenant, la pluie peut s'arrêter », songea-t-il, mais l'averse ne cessa pas. « Quand il ne pleut pas, c'est vraiment pas une goutte qui tombe ; mais quand ça commence, ça ne s'arrête plus. Rien n'arrive vraiment comme on veut », se lamenta-t-il. Il plut pendant deux jours sans interruption. C'était le déluge. Les maisons flottaient, les cochons et les poulets dérivaient, et il continuait de pleuvoir.

« Tant pis, mais au moins, comme ça, on pourra réaménager la rizière. » Et les vieux allèrent aux rizières pour les réaménager, sans demander l'aide de leur fille, car c'était leur fille unique.

Un jour, après la tombée de la nuit, vers huit heures, selon notre heure d'aujourd'hui, ils entendirent une voix à la porte : « Il y a quelqu'un ?

— Oui, qui est là ? »

On alla voir. C'était un jeune inconnu d'environ vingt ans. « Tiens, c'est un étranger », se dit le vieux. Et, tout haut, il demanda : « D'où viens-tu ?

— Je viens du village voisin pour vous entretenir d'une chose.

— Ah ! Et de quoi s'agit-il ?

— Vous m'avez demandé de la pluie, j'ai fait tomber la pluie. Maintenant je suis venu vous demander de mettre à exécution votre promesse.

— Hé ! quelle promesse t'ai-je faite ? Je ne crois pas t'avoir jamais vu ! s'exclama le père.

— Si vous ne vous souvenez pas, je vais vous rafraîchir la mémoire. Je suis le serpent qui était dans les herbes. Je suis venu chez vous sous la forme d'un homme. Vous m'aviez dit : "Si tu appelles la pluie, je te donnerai ma chère fille." J'ai provoqué la pluie. Maintenant, donne-moi la main de ta fille.

— Quoi ! C'est toi ? Tu viens réclamer ma fille, toi ? Oh, que vais-je faire ? » dit-il en se mordant la langue, puis il ajouta : « Donne-nous deux ou trois jours de répit. Dans deux ou trois jours, je demanderai à ma fille de donner sa réponse.

— Eh bien, je reviendrai dans deux ou trois jours la chercher. Mais conformez-vous à ce que vous avez dit, sinon, des malheurs tomberont sur votre maison et vous périrez tous. Pensez-y bien ! » Et après cet avertissement, il s'en alla.

Le père appela sa femme : « Viens vite ici. » Sa femme les écoutait à la porte et avait à peu près tout entendu.

« Oui, c'est bien ennuyeux. Si c'est comme

ça, tu n'aurais pas dû dire une chose pareille. Si nous cédons notre unique fille, qui nous restera après ? Je suis déjà vieille, mais il est possible que je vive encore dix ans, au moins cinq ans. Notre fille a à peine dix-huit ans, je ne la laisserai pas enlever comme ça.

— Mais que pouvons-nous faire ? Ce propos imprudent m'a vraiment échappé, mais je ne peux plus retirer ma parole ! Je n'aurais jamais dû dire une chose pareille », gémit-il.

Comme ils se lamentaient, la fille vint leur demander : « Père, mère, pourquoi pleurez-vous ainsi ?

— En vérité, j'ai promis au serpent, après toute une histoire, de lui donner ma fille. J'ai eu tort, je te demande pardon, avoua-t-il en pleurant et en s'inclinant devant sa fille.

— Ne vous lamentez pas outre mesure, dit la fille. Cela doit être mon karma. » Puis elle ajouta : « Nous n'avons pas le choix, si cela a été décidé dans une vie antérieure. J'épouserai le serpent. Je voudrais que vous jouissiez d'une longue, très longue vie.

— Ma fille, j'ai eu tort de lâcher cette étourderie. J'ai fait une chose irréparable, je te prie de me pardonner, dit le père en joignant les mains.

— Tant pis, je me résigne à épouser le serpent. »

C'est ainsi que la question fut résolue.

Pendant trois jours, elle se demanda : « Est-ce bien vrai ? Vais-je vraiment devenir l'épouse du serpent ? » Les vieux parents ne cessaient de se lamenter : « J'ai eu tort, je n'aurais pas dû dire ces choses-là car il ne me reste tout au plus que dix ans à vivre. » Ils passèrent ces trois jours en pleurs et en gémissements.

Enfin arriva le soir du troisième jour. Le jeune homme vint leur déclarer : « Je viens demander la main de votre fille.

— Te voilà déjà prêt à enlever ma fille. Eh bien, tant pis, nous n'avons rien d'autre à faire. »

La fille s'était déjà faite belle et était prête à s'en aller. S'adressant à ses parents : « Père, mère, je m'en vais maintenant. Adieu, tâchez d'être heureux !

— Ma fille, tu t'en vas déjà ?

— Il le faut. On vient me chercher. Adieu !

— Ma chérie ! » Ils s'embrassèrent en pleurant, mais le garçon les fixait d'un regard venimeux, car malgré sa forme humaine il n'en était pas moins un serpent aux regards venimeux.

« Allons, dirent-ils, il nous faut nous résigner, résignons-nous. » Et sur ces mots, ils se séparèrent.

Après le départ de leur fille, les vieux parents passaient leur temps à se lamenter : « Que faire ? » Plus question de s'occuper du repiquage du riz. « Il est impossible de l'oublier. Je vais voir où elle habite. Je serai absent pendant deux ou trois jours. Si je la retrouve, je reviens vite », dit le vieux père, et il se mit à marcher à travers monts et vallées. « Ce gros serpent-là ne doit pas habiter par ici. Un petit serpent ne saurait se transformer, ce ne peut être qu'un gros serpent », se dit-il. Puis il pensa : « Si j'allais vers l'étang au cœur de la montagne ? » Alors, en appelant sa fille par son nom, il alla de-ci de-là, et finit par arriver près de la digue de l'étang de la montagne. Il appela : « Hé, ma fille ! » Il entendit alors : « Oui, je suis là ! » La fille avait sans doute reconnu la voix de son père. En entendant cette voix, il se demanda : « C'est sa voix, où est-elle ? » Il regarda autour de lui mais il ne vit rien. « Hé ! ma fille, où es-tu ? — Je suis là », entendit-il de loin. « Tiens, j'entends par là. » Et il marcha vers la voix, mais il ne vit rien. Il appela de nouveau.

« Hé ma fille !

— Je suis là ! » répondit-elle d'en bas.

Alors, il descendit vers le bas, vers la vallée. Mais il ne voyait que des montagnes déboisées qui n'avaient pas l'air de cacher quoi que ce soit. Il se mit à regarder autour de lui et appela de nouveau : « Hé, ma fille ! » On répondit d'en bas : « Voilà, je l'entends d'en bas. » Il dévala la pente et vit un grand étang, qui ressemblait au domicile d'un serpent. Il pensa que ce devait être dans cet étang qu'elle habitait, et en s'en approchant, il appela : « Hé, ma fille ! — Je suis là », répondit-elle. Il regarda à travers l'eau, et il vit sa fille, debout au fond de l'eau. En la regardant bien, il constata qu'elle avait déjà la forme d'un serpent. Seule la tête était encore celle de sa fille.

« Hé, ma fille, tu es là ?

— Oui, je suis là.

— Alors, je viens.

— Non, tu ne dois pas venir ici. Si tu le fais, tu mourras aussitôt. Il faut que tu t'en retournes.

— Mais je suis venu pour te voir.

— Non, non, ce n'est pas un endroit pour toi. N'avance pas plus avant. Reste là où tu es.

— Il est possible que tu aies raison, puisque tu es dans l'eau. Alors, je vais retourner à la maison pour raconter cela à ta mère et je l'amènerai jusqu'ici, dit-il.

— Non, ne l'amène pas. Je suis maintenant comme tu vois, n'essaie plus de revenir », dit-elle.

Mais lui : « Je ne peux faire autrement. » Et il partit.

À la maison, il raconta tout à sa femme. « Moi aussi j'y vais », dit la mère. Et ils allèrent en essayant de retrouver la direction qu'il avait prise. Arrivés à cet endroit, il appela : « Hé, ma fille, j'ai amené ta mère.

—Je suis là. »

Ils virent leur fille à la même place qu'auparavant. « Ne faites pas un pas de plus, c'est profond, ne venez pas, vous pourriez en mourir, dit-elle.

— Quelle importance ! Plutôt mourir !

— Je voudrais seulement toucher ta main encore une fois.

— Non, ne venez pas, ne venez pas ! » Et, sourds à ses prières, ils s'avancèrent de plus en plus et finirent par périr noyés dans l'eau profonde.

Cet étang, on l'appelle l'étang au serpent.

(Saga, Sadami Fujimoto)

La mare à Oyoshi

C'est une histoire qui s'est passée dans un village nommé Yaken, au pays de Matsuyama.

Il y avait là un homme qui vivait avec sa femme et sa fille. Cette dernière s'appelait Oyoshi. Un jour, l'homme dit : « Comme c'est la fête de l'automne aujourd'hui et qu'Oyoshi a dix-huit ans, nous allons prier au temple du village. On nous verra et on dira : "Oh, oh ! voilà la fille de sa maison." Nous trouverons peut-être quelqu'un qui aura envie d'épouser Oyoshi. » Ainsi, ils se rendirent tous les trois au temple et, après la fête, ils rentrèrent chez eux, vers la fin de l'après-midi. La mère se plaignit soudain de maux de ventre. La maison n'était pas loin, mais elle ne pouvait plus marcher. Oyoshi ne pouvait pas la prendre sur son dos mais le père non plus, ayant une faible constitution. Ils étaient bien en peine, lorsqu'un beau jeune homme bien portant passa et leur demanda : « Vous êtes souffrante ?

— Elle a commencé à avoir mal, comme ça, subitement. Nous habitons tout près, nous n'aurions qu'à la transporter jusque-là, mais nous n'en avons pas la force.

— C'est tout simple, je vais, moi, la porter. » Et, là-dessus, il porta la mère sous son bras jusqu'à la maison.

« Oh, que c'est gentil à vous ! Je ne me serais jamais attendue à ce qu'un jeune homme tel que vous daigne me porter. Oyoshi, sers-lui du thé.

— Je n'ai pas besoin de thé ; ce que j'ai fait n'est rien. Aujourd'hui, je suis un peu pressé, mais je viendrai demain soir prendre de vos nouvelles. » Sur ces mots, il prit congé.

« Oyoshi, raccompagne ce monsieur. »

Sur le seuil, Oyoshi lui demanda : « Est-il vrai que vous reviendrez demain ?

— Sûrement, il me faut demander des nouvelles de ta mère, et je veux aussi te revoir. »

Alors, elle attendit avec impatience le soir du lendemain. L'homme revint en effet.

« Comment va ta mère ?

— Grâce à toi, je vais mieux », répondit la mère. Et ils parlèrent de choses et d'autres en prenant du thé. On le régala et on fut aux petits soins pour lui.

« D'où viens-tu ? Toi qui es si beau, on ne t'a jamais vu par ici, demanda le père.

— Je ne suis pas le fils de quelque personnage important, je suis célibataire et en âge de me marier », dit-il aimablement, puis il ajouta : « Je suis obligé de partir, je vais prendre congé, mais prends bien soin de toi.

— Où vas-tu ? lui demanda Oyoshi en le raccompagnant.

— Je ne peux pas te le dire, mais j'aimerais bien que tu m'épouses, qu'en dis-tu ?

— Moi aussi, j'aimerais être ton épouse.

— Mais qu'en penseront tes parents ?

— Il me semble qu'ils consentiraient à donner ma main à quelqu'un de gentil comme toi.

— Pour ce soir, je dois m'en aller mais, demain soir, viens me retrouver ici sans rien dire ni à ton père ni à ta mère. »

Comme il était revenu le lendemain et le surlendemain, on commença à chuchoter qu'Oyoshi avait des rendez-vous, auprès de la haie, avec un beau garçon qu'elle avait déniché quelque part.

Le père, entendant ce bruit, dit à sa fille : « Si ce garçon veut bien venir nous servir comme gendre, amène-le à la maison au lieu de le rencontrer en cachette.

— Mais, mon père, c'est un garçon qui ne peut entrer dans notre maison.

— Pourquoi donc ?

— Ce n'est pas un homme libre d'obligation filiale. Il ne peut pas venir comme il l'entend.

— De quel endroit vient-il ?

— Il habite un vaste étang dans le fin fond d'une montagne.

— C'est une carpe ?

— Non, ce n'est pas une carpe. Si c'était une carpe, ce serait une carpe peu banale, très longue.

— Si c'est une longue carpe, ne serait-ce pas un serpent ?

— Si, un gros serpent.

— Mais c'est ennuyeux d'avoir un serpent pour gendre !

— Que ce soit ennuyeux ou non, je tiens absolument à l'épouser.

— Mais si tu fais cela, que deviendrons-nous ?

— Nous veillerons sur la maison, ne t'inquiète pas.

— Dans ce cas, fais comme bon te semble. On ne peut rien faire contre une fille fascinée par un serpent.

— Je vous demanderai seulement de m'accompagner, toi et ma mère, au moment de mon départ.

— Ne t'inquiète pas, bien sûr que nous accompagnerons notre fille unique quand elle partira. »

Cela dit, on se mit à préparer des plats délicieux et d'autres bonnes choses.

« Tu auras besoin de vêtements.

— Je ne prendrai qu'un seul habit de noce que tu feras confectionner. »

Ainsi, après l'avoir habillée de son seul habit

de noce, ils l'accompagnèrent jusqu'au bord de l'étang. Ils pensaient en eux-mêmes qu'ils la ramèneraient après l'avoir accompagnée, mais Oyoshi leur dit en promenant son regard : « Père, mère, regardez le ciel. On voit les "étoiles du jour"... J'ai entendu dire que si on voit des étoiles le jour, on deviendra riche. Voyez là-haut, il y a des étoiles. »

En entendant cela, ils cherchèrent les étoiles en renversant la tête. Ils voulaient les voir pour devenir riches et, à ce moment-là, plouf ! Oyoshi plongea dans l'étang. « Oh, Oyoshi nous a bernés ! Elle a plongé ! » se dirent-ils, lorsqu'ils entendirent du fond de l'eau : « Quelle joie d'être ton épouse, que je suis contente ! » C'était la voix de leur fille. Puis la voix d'un homme : « Je suis heureux, vraiment heureux de pouvoir enfin épouser Oyoshi que j'aime tant. Nous pourrons vivre ensemble mille ans, même dix mille ans. Quelle félicité ! Quel bonheur ! »

En entendant cela, le père et la mère se consolèrent : « Si notre fille est si contente et si elle peut vivre heureuse pendant mille et dix mille ans, il faudra nous résigner à la perdre. Allons-nous-en. » Le père et la mère, qui jusqu'ici étaient si faibles, devinrent désormais florissants de santé et vécurent heureux, à ce que l'on dit. Depuis, on appelle cet étang la mare à Oyoshi.

(Okayama, Hisa Kashima)

BELLES ET MONSTRES

L'homme araignée

Il y avait une fois un village, au pied du mont Taté du pays de Kosi.

Un jour, plusieurs villageois, voulant voir le sommet de cette montagne, y montèrent avec des vivres pour trois jours, mais jamais ils n'atteignirent le sommet. Bientôt, du plus profond de la montagne, ils entendirent des voix qui les appelaient à grands cris. Pendant que les gens s'interrogeaient, cinq ou six monstres géants, tout noirs, qui ne ressemblaient ni à des êtres humains ni à des bœufs, surgirent de la forêt d'en haut et foncèrent sur les villageois, qui s'enfuirent à qui mieux mieux. Un des villageois tomba en trébuchant sur quelque chose, et le monstre le toucha à l'épaule mais, dans un effort désespéré, il arriva à se lever et à échapper à l'emprise du monstre. Il finit par rejoindre ses compagnons.

Après avoir couru une demi-lieue, ils furent débarrassés des monstres, qui disparurent je ne sais où, renonçant vraisemblablement à leur poursuite. À l'endroit où le monstre avait touché l'épaule du villageois, des poils noirs poussèrent plus tard.

Quelque temps après, une fille d'un village lointain arriva pour épouser un de nos villageois. Au début, elle suivait les gens pour aller chercher du bois dans la montagne ou pour aller couper les foins, mais bientôt elle commença à pouvoir y aller toute seule. Tout en travaillant ainsi, elle tomba enceinte et mit au monde trois œufs bizarres, de la grosseur d'un œuf de poule. Sa famille, saisie d'épouvante, alla avertir les gens de la maison de la bru, qui arrivèrent en toute hâte. Ouvrant les œufs, ils en virent surgir des milliers de petites araignées qu'ils tuèrent toutes. Ils interrogèrent alors la bru, qui avoua : « Un jour, comme je cherchais du bois dans la montagne, j'ai vu venir un bel homme. Il m'a demandé si j'étais seule, j'ai répondu que oui. Alors il m'a dit : "Repose-toi, je m'occuperai du bois." Il a ramassé du bois. Depuis, chaque fois que je monte dans la montagne, cet homme vient m'aider à chercher du bois et à couper les foins. »

En entendant cela, les villageois furent étonnés et avisèrent la bru : « Ce doit être l'homme araignée du mont Taté. Désormais, il ne faut plus jamais le laisser faire, même s'il vient te proposer de travailler à ta place. »

Après ses relevailles, la femme commença de se plaindre : « Je vois toujours devant mes yeux des fils d'araignée se tendre dans tous les sens. » Ces fils étaient invisibles aux autres gens mais, elle, les voyait. Soit à la maison, soit dehors, soit dans la montagne, elle sentait partout des fils d'araignée l'enlacer. Cela l'empêcha de travailler, de se déplacer même sur une courte distance et de faire la cuisine. Elle s'alita et finit par en mourir.

(Yamanashi, le colporteur de Toyama)

Le crabe reconnaissant

La servante d'un maître jetait tous les jours l'eau de rinçage du riz au crabe de la rivière proche de la maison. Le crabe prit alors l'habitude de venir au-devant de la servante. Ils répétaient ce manège depuis des années et des années.

Apparut une fois un beau garçon qui commença à fréquenter la servante chaque nuit. Même si elle lui demandait d'où il venait ou qui il était, il ne soufflait mot et repartait à l'aube. Cela se répétait toutes les nuits. On n'entendait jamais aucun bruit de porte et on ne savait d'où il entrait. Sa peau était toujours très froide. Saisie de crainte, la jeune fille se mit aux aguets et elle se rendit compte, alors, que le garçon venait du dessous du plancher. La servante demanda au maître le lendemain matin : « Il y a des choses étranges qui se passent autour de moi, accordez-moi un congé de huit jours. Je voudrais faire un vœu en m'enfermant dans la chapelle de

Kwannon. » La servante, s'enfermant dans la chapelle, formula son vœu, sept nuits de suite : « Faites-moi connaître la vraie nature de ce garçon. »

Vers la moitié de la nuit du septième jour, elle entendit quelqu'un frapper à la porte de la chapelle et dire : « Ouvre la porte, ouvre-moi ! » Elle vit par une fente de la porte que le garçon transformé en serpent entourait avec force la chapelle et frappait la porte avec sa queue. À l'intérieur, la servante, retenant son souffle, priait Kwannon en son cœur avec toute sa ferveur. Dehors, le serpent, heurtant de plus en plus fort la porte, criait ! : « Ouvre la porte, si tu ne l'ouvres pas, j'écraserai la chapelle, ouvre vite, ouvre ! » Il serra ses anneaux, et elle entendit la chapelle commencer à craquer. Se sentant plus morte que vive, elle implorait Kwannon, lorsqu'elle entendit les chocs d'un combat qui s'engageait tout d'un coup au-dehors. Le bruit dura un certain temps puis finit par s'atténuer. Le jour ne tarda pas à venir.

Lorsqu'il fit jour, le maître, s'inquiétant du sort de sa servante, dit à ses gens : « Dépêchez-vous d'aller voir ce qui est arrivé à cette servante. » À la vue de la chapelle que le gros serpent entourait étroitement, ils retournèrent en fuyant et rapportèrent la chose au maître : « C'est une catastrophe, la chapelle est enserrée par un gros serpent. » Le maître, alarmé, battit le rappel des villageois, et ils se dirigèrent ensemble vers la chapelle. Ils virent en effet qu'un gros serpent entourait la chapelle, mais sans bouger. Ils commencèrent à lancer des pierres et des bouts de bois, mais le serpent restait impassible. Ils s'en rapprochèrent petit à petit et finirent par s'apercevoir qu'il était mort. Mais il ne devait pas être mort d'une mort naturelle. Une foule innombrable de crabes pénétrait dans ses écailles et mordait la chair. Les crabes eux aussi étaient morts… Quant à la femme, elle fut retrouvée saine et sauve dans la chapelle.

Les villageois érigèrent un tumulus à la mémoire des crabes et du serpent pour apaiser leur âme. Il paraît que cette histoire s'est passée sur la plage du sud.

(Iwate, Yae Haneishi)

La vengeance de la serpente

Il était une fois une femme qui habitait un village perdu dans la montagne avec son fils et la femme de celui-ci. Comme la maisonnée était très pauvre, le fils était obligé d'aller se louer dans une maison. Pendant une absence du mari, un beau garçon, venu on ne sait d'où, rôda aux alentours de la maison. Nuit après nuit, le manège se répéta. La bru, trouvant cette situation à la fois embarrassante et inquiétante, une nuit l'implora : « Je ne sais pas qui tu es ni où tu habites, mais si tu es sincère, essaie de venir jusqu'ici mille nuits de suite et je ferai alors ce que tu voudras. » Dès ce moment-là, qu'il pleuve ou qu'il vente, l'homme vint chaque nuit jusqu'au pied de son lit. Il restait là sans rien dire et repartait avant l'aube, la mine abattue.

La bru en avait tellement peur qu'elle fermait hermétiquement toutes les ouvertures de la maison, sans y laisser aucun interstice. Cela n'empêchait pas le garçon d'entrer par on ne sait quelle fente ni par quel moyen. Arriva la neuf cent quatre-vingt-dix-neuvième nuit, la veille de l'échéance de la millième nuit. Le jeune homme dit à la femme : « Je suis épris de toi au point d'en mourir. J'ai usé toute mon énergie jusqu'à l'épuisement pour venir te voir et c'est aujourd'hui la neuf cent quatre-vingt-dix-neuvième nuit. Il me reste encore une nuit mais si tu n'observes pas ta promesse, ta vie ne sera pas épargnée. » Sur ces mots, il s'en alla.

La belle-mère, cachée dans un coin, avait tout entendu. « Qu'elle est à plaindre ! Combien elle doit se tourmenter ! N'y aurait-il pas un moyen de la sauver ? D'abord, ce garçon qui la fréquente, il est beau, il est vrai, d'une beauté sans égale, mais de quelle maison sort-il ? » À se poser ces questions sans réponses, elle passa la nuit sans dormir.

Le lendemain, elle vit le visage défait de sa bru. En la voyant, elle fut remplie de compassion et lui dit : « Eh bien, toi, tu me sembles avoir quelque souci. Si ton cœur est trop lourd, confie-toi à moi. Je ne ferai jamais rien qui puisse te nuire. »

La bru s'inclinant devant sa belle-mère, les mains au sol, s'épancha : « Oui, il m'est arrivé une chose bien troublante pendant l'absence de mon mari. C'est que quelqu'un vient toutes les nuits au pied de mon lit et cette nuit, c'est la millième nuit. Je suis tenue par ma promesse. Je n'arriverai jamais à trouver un moyen de sortir de cet embarras. Si tu as une idée, dis-moi comment je dois me comporter. » Et elle éclata en pleurs.

« Quel ennui ! Écoute, s'il vient ce soir, essaie de lui faire boire cet alcool de chrysanthème que nous avons confectionné et que nous gardons au-dessous de l'autel du bouddha dans la pièce du fond. On verra alors de quelle créature il s'agit. Si c'est un homme, tant pis, comme tu l'as promis, tu coucheras une nuit avec lui, mais si c'est un monstre, nous l'abattrons à nous deux. »

Le soir, l'homme vint. Elle lui fit boire cette boisson en quantité si abondante qu'il s'affala par terre, ivre mort, révélant sa vraie nature de gros serpent redoutable.

Alors, la bru, détachant un long sabre du mur, massacra le serpent dont elle découpa le corps en morceaux, aidée de sa belle-mère. Elles en chargèrent sept bâts. Elles les montrèrent au seigneur qui les récompensa.

Mais ce gros serpent avait une femme, laquelle venait rôder chaque nuit autour de la maison en poussant des hurlements effroyables. Cela durait jusqu'à l'aube et se répétait depuis des nuits et des nuits. La bru décida de la tuer, quelle que fût sa nature. Cette nuit-là, la serpente était venue tourner autour de la maison comme d'habitude, en hurlant.

Saisissant le long sabre, la bru s'écria : « Qui est là, montre-moi vite ta vraie nature et nomme-toi ! » En l'entendant, le monstre dit : « J'attends depuis des nuits que tu sortes. Je suis la femme de ce serpent que tu as tué. Mon époux t'a fréquentée pour avoir des enfants. Il t'a élue parmi bien d'autres et c'est grand dommage qu'il ait été tué avant d'avoir réalisé son projet. Je le vengerai. » À peine avait-elle prononcé ces mots que le monstre cracha un souffle envenimé. La bru riposta en disant : « Il ne sera pas dit que je me suis laissé jouer par un monstre tel que toi. Je t'exterminerai tout comme ton époux. » Elle lui donna maints coups de sabre et l'accula à la montagne. La serpente, vaincue, finit par se précipiter dans un grand marais au fond d'une vallée, dans un fracas épouvantable.

La bru, qui se tenait cachée au bord du marais, entendit alors ces mots : « En la jugeant mal, mon époux a abrégé sa vie de centaines d'années mais, au mois de juillet, j'anéantirai toutes les personnes qui vivent à l'entour de chez elle. » Puis une autre voix : « Non, il vaut mieux éviter ces choses-là, les hommes sont malins, on ne peut pas savoir ce qu'ils pensent. Il ne faut pas risquer sa vie en tentant des choses téméraires. » Et la première voix : « Non, non, on ne me soupçonnera pas. Je vais renaître sous la forme des champignons qui poussent dans le champ de chanvre derrière sa maison. Elle ne manquera pas de les cueillir et de les manger et, à ce moment-là, elle ne m'échappera pas, même si elle a une centaine de vies à vivre. » Mais l'autre voix : « Si elle les déracine en ne laissant pas la moindre partie, si elle les cuit dans une soupe de miso très épaisse avec des écorces de canne à sucre et, de plus, si elle mange le tout avec des baguettes en tiges de plants de patates, en inversant l'ordre de la table, tu n'y résisteras pas. » Alors l'autre voix de s'esclaffer : « Mais il est impossible qu'un être humain sache ces choses-là. » La bru, ayant tout entendu, s'en retourna chez elle.

Au mois de juillet, dans le champ de chanvre, de jolis champignons rouges poussèrent partout. La bru et la belle-mère les enlevèrent de façon à ne pas laisser un seul morceau qu'on eût pu saisir avec les ongles. Elles en récoltèrent deux paniers pleins. En les plongeant dans le chaudron de la cuisine, on les cuisit et on invita tous les voisins à venir les manger avec des bâtons de tiges de plants de patates, l'ordre des couverts étant inversé. C'était d'un goût délicieux. Le matin du troisième jour, on alla voir au marais de la montagne. Là, flottait le corps d'un gros serpent qui occupait le marais tout entier.

Bien plus tard, on se rendit compte que le serpent, le beau visiteur de la nuit, entrait et sortait par la cheminée.

(Iwate, Yae Haneishi)

La femme enlevée

Il était une fois un homme qui avait épousé une femme qui n'était pas du village. Tandis que tous deux allaient chez elle pour y faire leur première visite, un singe apparut. Le singe, après avoir attaché l'homme à un arbre, enleva la femme. Peu après, un masseur aveugle passa. Ne soupçonnant aucune présence, il eut un sursaut quand il s'entendit héler.

« Oh ! tu m'as fait peur !... Mais que s'est-il passé ?

— Nous avons rencontré un singe. Il a enlevé ma femme et, moi, il m'a attaché à ce grand arbre et je ne peux bouger. Ma femme a été enlevée devant mes yeux et je n'ai rien pu faire d'autre que pleurer. Ne veux-tu pas me détacher ? »

L'aveugle le délivra et prit logis chez l'homme.

Le lendemain matin, muni d'un fusil et accompagné d'un chien, l'homme se mit à la recherche du singe dans la montagne. Le chien, habitué grâce à son flair à suivre le passage des animaux, guida l'homme de trace en trace jusqu'à un plateau entre deux montagnes. Là, il y avait une petite maison qui avait l'air habitée. L'homme s'annonça à la porte et vit que c'était sa femme qui se trouvait là. Il en fut tout joyeux.

« Et ton singe, où est-il ?

— Aujourd'hui, il est allé chasser dans la montagne, je suis seule dans la maison. Il faut vite manger. Après, tu te cacheras en haut. Je cacherai le chien dans la cuve vide de la salle de bains. »

Après avoir mangé, l'homme monta rapidement au premier étage et resta à l'écoute. Tout à coup, un petit singe arriva : « Aujourd'hui, le maître est tombé malade, il revient à bout de forces. Veux-tu chauffer de l'eau pour qu'on lui fasse prendre une potion ? »

Et plusieurs singes entrèrent, portant le maître malade. Ils manifestaient des signes d'inquiétude : « Nous ne connaissons rien aux remèdes, il vaudrait mieux appeler Kokkyuuboo du bord de la rizière. »

Après ce conciliabule, ils envoyèrent un singe le chercher. Du premier étage, l'homme se demandait : « De quelle créature peut-il bien s'agir ? Qui est ce Kokkyuuboo-là ? » Alors, arriva un vieux crapaud, chargé de deux ou trois vieux livres déchirés.

« Votre maître est indisposé ? Que c'est fâcheux ! » Et en disant cela, le crapaud se plongea dans ses livres, puis il déclara : « Le ciel s'ébranle, la terre tremble, si je reste longtemps je risque ma vie, faites-lui boire de l'eau ou du thé, comme bon vous semblera. »

Et, fermant les livres à la hâte, il partit précipitamment en sautillant.

« Nous n'avons rien compris à ce charabia, se dirent les singes, allons demander conseil au manbukujin de la montagne d'en haut. »

Un autre singe alla le chercher. L'homme s'interrogea : « Quelle sorte de créature viendra cette fois ? » Ce fut un vieux tanuki[1] qui portait lui aussi deux ou trois grimoires. Après les avoir consultés, il proféra les mêmes paroles : « Le ciel s'ébranle, la terre tremble, si je reste longtemps je risque ma vie, faites-lui boire de l'eau ou du thé, comme bon vous semblera. »

Puis, chargeant les livres sur son dos, il s'en retourna vers la montagne. Les singes se regardèrent embarrassés. La femme, faisant semblant d'aller au petit coin, ôta le couvercle de la cuve de bain. Le chien qui était caché là bondit sur les singes, l'homme tira d'en haut des coups de fusil. Après que tous les singes eurent

1. Tanuki : mammifère carnassier japonais, au corps arrondi, qui s'apparente au renard.

été exterminés, on fêta l'événement. Mais en jetant un coup d'œil circulaire, on vit qu'il restait un petit singe agrippé à la crémaillère. Celui-ci les supplia : « Je vous suivrai, c'est même moi qui porterai les peaux de mes frères, mais laissez-moi la vie. »

Il les suivit et eut finalement une nombreuse descendance. Depuis, on appelle le « singe » le croc de la crémaillère.

Foule au marché,
bourses pleines,
faces réjouies.

(Fukushima, Mieko Hirano)

La grotte des ogres

Il était une fois dans une grande grotte un ogre qui était un chef de bandits. Comme c'étaient des voleurs, ils descendaient la nuit en ville pour s'emparer de diverses marchandises et revenaient dans la grotte pour s'y régaler et festoyer.

Un jour, le chef ogre ordonna à un de ses hommes de ramener une fille avenante. Celui-ci passa devant la boutique d'un marchand d'étoffes et la femme de ce dernier lui plut par son bon air. Il revint à la grotte rapporter la chose à l'ogre.

« Je n'ai jamais vu femme si merveilleuse. »

Alors l'ogre lui ordonna de la ramener. Le bandit se rendit chez le marchand d'étoffes en se munissant d'une bonne somme d'argent et commanda plusieurs ceintures et kimonos. Le marchand, tout content, lui offrit du saké. Ils trinquèrent ensemble et le bandit rendit le marchand complètement ivre. Sous l'effet de l'alcool, le marchand s'assoupit. Alors, le bandit, retirant d'un coffre ceintures et kimonos, y fit entrer la femme et chargea le coffre sur son dos. Arrivé à la grotte, il fit sortir la femme. La femme fut énormément du goût de l'ogre et ce dernier l'épousa bientôt.

Quand il se réveilla, le marchand d'étoffes chercha partout sa femme mais ne la trouva nulle part. « C'est le client d'hier qui l'aura enlevée », pensa-t-il, et il partit à sa recherche en abandonnant tout.

Entre-temps, dans la grotte de l'ogre, le bandit s'était brouillé avec son maître et, abandonnant sa vie de bandit, était parti en voyage. Un jour, le marchand descendit dans une auberge où se trouvait le bandit. Ils se mirent à boire de compagnie. Bientôt le bandit raconta : « Il y a de drôles de choses dans la vie. Un jour que j'étais au service d'un ogre, j'ai enlevé la femme d'un marchand d'étoffes pour en faire la femme du maître. »

En entendant ces mots, le marchand comprit : « Ah ! c'est toi l'auteur de ce méfait ! » et, le saisissant par le col, il lui fit passer un mauvais quart d'heure.

« Épargne-moi, je t'en prie ! supplia le bandit.

— Bon, je te pardonnerai si tu me la rends.

— C'est moi qui l'ai amenée dans la montagne, je n'aurai donc pas de mal à te guider. »

Le marchand se rendit ainsi dans la grotte de la montagne en suivant le bandit. Comme le bandit lui avait révélé : « L'ogre sort la nuit pour commettre des pillages mais, le jour, il reste là pour dormir », il attendit la nuit pour aller toquer à la lucarne de la grotte et il vit là sa femme, assise, seule, l'air abattu.

« C'est moi, je suis venu te chercher. »

En entendant sa voix, la femme sortit joyeuse. « Te voilà enfin, quel bonheur ! » Mais, craignant le retour inopiné de l'ogre, elle cacha son mari sous l'étagère.

Vers le petit matin, l'ogre revint chercher quelque chose. Il dit : « Tiens ! ça sent la chair fraîche !

— C'est peut-être un bébé que j'ai conçu », dit la femme. Cette nouvelle réjouit l'ogre qui bientôt s'endormit après s'être laissé aller à boire du saké. La femme fit alors sortir le marchand de dessous l'étagère. Il assomma l'ogre avec un bâton de fer qui traînait par là et, après avoir tout brûlé, il retourna chez lui avec sa femme.

Que le grand crique me croque,
que le grand croque me crique,
allons nous coucher.

(Kagawa, Sato Yagashira)

Le blaireau et la belle coiffeuse

Il était une fois une coiffeuse. C'était une très, très belle femme. Son époux était un chasseur. Il partait tous les matins avec son chien. Sa femme coiffait des gens tous les jours. Un jour, un bel homme vint demander qu'on le coiffe. Elle s'occupa de lui. Elle le voyait dans le miroir. C'était vraiment un très bel homme. « Je ne sais d'où il sort, mais quel beau garçon ! » soupirait-elle. Tout en le coiffant elle l'admirait et lui, contemplait de même le visage de la coiffeuse. Ils se regardaient l'un l'autre. Un instant après, il demanda à la coiffeuse : « Je désirerais que tu sois ma femme, consens-tu à m'épouser ?

— Ce n'est pas l'envie qui me manque de devenir la femme d'un beau garçon comme toi, ne serait-ce que pour une nuit.

— Bien, si c'est notre volonté à tous deux, sois mon épouse et suis-moi.

— Mais mon mari va bientôt revenir !

— Non, pas avant le soir. Prépare-toi vite et partons ensemble ! »

Ainsi, la femme, après avoir fait son balluchon, partit avec le bel homme. Il l'emmena au cœur d'une montagne, après en avoir gravi et descendu plusieurs autres. Chaque fois qu'il y avait une haie à traverser, il disait : « Tu passeras par le haut, je passerai par le bas. » Et il passait par le bas, tandis que la femme passait par le haut en grimpant. Ils passèrent ainsi plusieurs montagnes. Arrivés devant une grotte, il lui dit : « Voici ma maison, c'est ici que tu habiteras, ne nous quittons jamais. » Alors la femme se dit en elle-même : « Je suis venue avec lui en m'attendant à tout. Que ce soit dans une montagne ou dans une grotte, si je suis avec ce bel homme, je serai toujours contente. » Ainsi était-elle résolue. La nuit, au moment de se coucher, l'homme dit : « Comme tu es ma femme, tu dois faire tout ce que je te demande.

— Qui es-tu donc ?

— Je suis le vieux blaireau.

— Un blaireau ! c'est stupéfiant !

— Cela t'étonne, c'est normal, mais tu es désormais ma femme, alors allons dormir ensemble.

— Puisque tu es un blaireau, tu ne dois pas le savoir, mais une femme est indisposée chaque mois de l'année pendant sept jours. Pendant cette période, il faut s'abstenir de rapports, sinon l'enfant qui sera conçu sera malformé ou arriéré, en tout cas, cela ne donnera pas un bon résultat. Pendant leurs règles, les femmes ne doivent pas se laisser approcher par des hommes. Cette période passée, je serai tienne, mais, pour cette nuit, ne me touche pas.

— Que les femmes sont donc compliquées, quel ennui ! » En maugréant ainsi, le blaireau, résigné, se coucha. La femme pensa qu'en faisant attendre le blaireau, elle serait sauvée par son époux le chasseur qui se mettrait certainement à sa recherche. De fait, le lendemain, l'époux constata dès son retour la disparition de sa femme et s'informa auprès des voisins qui lui dirent : « Ta femme est partie quelque part, accompagnée du chien.

— Le chien, mais il était avec moi ! »

Alors, il la chercha partout. « Ta femme est partie quelque part, accompagnée du chien », lui disait-on partout. Cela lui fit penser qu'elle avait dû être mystifiée par quelque esprit et qu'il devait aller la chercher. Le chien le guidait. Grâce à son flair, le chien découvrit la grotte. Dans la grotte, le chasseur vit sa femme, là, toute seule. « Que fais-tu dans cet endroit ?

— Je te demande pardon, j'attendais que tu viennes me chercher.

— Où est le blaireau ?

— Il est parti chercher à manger. Il reviendra sans doute vers midi. Attends-le en haut de ce sapin et abats-le à coups de fusil. Je m'en irai ensuite avec toi. »

Là-dessus, elle le fit grimper sur l'arbre et cacha le chien dans un coin de la grotte. Peu de temps après, le blaireau revint, ployant sous le gibier.

« Me voici de retour.

— C'est bon que tu reviennes si tôt, tu dois être fatigué.

— Attends, je vais cuire cet animal. »

Juste à ce moment-là, pour ne pas perdre une si belle occasion, le chasseur tira un coup fatal sur le blaireau.

Ce dernier, en expirant, dit ces mots, avec un air heureux : « On m'a abattu, mais j'ai épousé la plus belle femme du monde pour une nuit, je ne regrette rien. Elle est ma femme, non pas celle du chasseur, et j'en suis très content. Je meurs satisfait car j'ai eu une très bonne femme. » En l'écoutant, la femme laissa tomber de grosses larmes, grosses comme des baies d'amour en cage.

Voyant cela, le chasseur la prit à partie : « Tu as couché avec lui cette nuit ?

— Non, non, je me suis excusée en prétextant telle et telle chose.

— Alors, pourquoi pleures-tu ?

— Même s'il s'agit d'une bête, on peut pleurer sa mort, ces larmes coulent malgré moi, ne m'en veux pas, je t'en prie.

— Tu es ma femme et non celle du chasseur », dit le blaireau à haute voix, puis il expira.

Le chasseur, furieux, s'en alla avec son chien, lançant à la femme : « Tu n'es plus ma femme, tu es la femme du blaireau ; pas la mienne, celle du blaireau. » Et il partit en pressant le pas.

« Attends-moi, attends un peu ! » supplia la femme, mais elle ne pouvait le rattraper. Alors, pensant que le chasseur ne la considérerait plus comme son épouse, elle se résigna à continuer à vivre avec le seul souvenir du beau garçon. Le souvenir du blaireau était trop pénible à supporter, mais elle conserva jalousement le souvenir du beau garçon, nuit et jour. Même si on lui proposait de l'argent, ou si de beaux messieurs venaient la voir, fidèle à son attachement, elle garda le deuil avec le seul souvenir du blaireau transformé en bel homme.

C'est une histoire du temps passé.

(Okayama, Hisa Kashima)

Pierres à loup

Il était une fois un village isolé qui comptait à peine une vingtaine de foyers, entre le pays de Nambu et d'Akita. Sur le col qui va du village au pays d'Akita, se dressent six pierres en forme de loup. On raconte depuis longtemps que ces pierres poussent des hurlements plaintifs chaque année, le soir du 17 janvier.

Il faisait froid. Il neigeait depuis le matin et, vers le soir, une tempête s'était levée, lorsqu'une pèlerine et sa fille, vêtues misérablement, arrivèrent on ne sait d'où. Elles frappèrent aux portes des villageois pour demander l'hospitalité pour la nuit. Mais aucune maison ne s'ouvrit.

La neige tombant de plus en plus dru, la mère et l'enfant, tout en pleurant, de porte en porte arrivèrent jusqu'à la dernière maison du village. La maîtresse de maison leur dit qu'elle ne pourrait les accueillir car son homme était d'un caractère difficile, mais qu'il y avait, à une lieue de là, un temple du nom de Ryuunji, et elle leur conseillait d'y aller car le bonze de ce temple pourrait les héberger. La mère et l'enfant s'y rendirent et, là, le bonze leur dit de passer la nuit sous l'auvent parce qu'il n'y avait pas de place pour des gens comme elles dans le temple.

La mère et l'enfant se tenaient étroitement serrées sous l'auvent jusqu'où la neige arrivait, balayée par le vent. Les voyant ainsi, le bonze se disait en lui-même que les malheureuses périraient probablement sous les crocs des loups, avant le matin.

Pendant la nuit, la tempête de neige ne fit que se renforcer. Vers minuit, les hurlements des loups se mêlaient aux gémissements du vent.

Les hurlements se rapprochèrent du temple. La mère et l'enfant tremblaient de peur, blotties l'une contre l'autre. À l'intérieur du temple, le bonze pensait que les loups ne feraient qu'une bouchée de la mère et de l'enfant, mais il ne se décida pas pour autant à les abriter sous son toit.

L'aube se leva. Sur pied de bonne heure, le bonze jeta un œil vers l'auvent. Plus de trace des voyageuses, sinon un vieux chapeau de paille. Le bonze en déduisit qu'elles avaient été mangées par les loups de la veille.

Un mois s'écoula. Un soir, comme le bonze traversait tardivement la montagne après une tournée au village voisin, il entendit des hurlements de loups derrière lui. Effrayé, il se mit à courir, mais six grands loups l'attendaient au bord du chemin et se jetèrent sur lui pour le dévorer. Depuis, tous les villageois qui passaient par là étaient menacés par les loups qui hurlaient à leur rencontre. Cela rendait la vie difficile.

Un jour, Kumahei, qui se prétendait le plus fort du village, s'offrit pour tuer les loups. Il monta sur un arbre près de la tanière des bêtes, muni d'un fusil, et se mit aux aguets. Les loups sortant de leur tanière se précipitèrent vers Kumahei en équilibre sur une branche. Comme son chien aboyait, il tira à l'aveuglette, mais aucune balle n'atteignit son but et toutes ses munitions furent vite épuisées. Le voilà sans moyen de défense. Six loups attaquent l'arbre et le secouent pour faire tomber Kumahei.

À ce moment-là, une belle fille sort de la tanière en courant et, s'adressant aux loups : « Celui-là a fini de tirer ; vous aussi, vous feriez mieux de rentrer dans notre trou. » Alors, les loups, aussi dociles que des chiens ou des chats, la suivirent dans la tanière. Kumahei, surpris de tout cela, se précipite en bas de l'arbre et court tout droit au village.

Un peu plus tard, par une nuit de clair de lune, six loups attaquèrent le village. Les villageois, surpris, se défendirent à l'aide d'arcs et de fusils, mais face à la fureur des loups ils restèrent impuissants. Lorsque survint la fille qui avait secouru l'autre fois Kumahei le chasseur. Elle essaya de calmer les bêtes mais une flèche, tirée du village, l'atteignit en pleine poitrine. Elle s'écroula en poussant un cri de douleur.

Voyant cela, la fureur des loups redoubla. Ils dévorèrent cinq ou six villageois. Mais la fille, blessée, implora en retenant ses gémissements : « Mes amis, ne tuez pas les villageois, car dans ce village il y a une commère qui a été gentille pour nous. » Sur ces mots, elle expira.

Les loups, poussant au ciel des hurlements lugubres, emportèrent le corps je ne sais où. Depuis, les villageois, se repentant d'avoir été inhospitaliers, s'efforcèrent désormais d'accueillir de bonne grâce les voyageurs, en disant : « Qui maltraite autrui attire la colère des loups. »

Un jour, un villageois, passant par le col, vit six loups qui hurlaient de douleur. Les loups semblaient pleurer la fille défunte. On les entendit hurler des jours et des jours. Sur le chemin se dressent six pierres…

(Iwate, Ao Chiba)

DÉCOUVREZ LES FOLIO 2 €

Parutions de mai 2010

Honoré de BALZAC *La Fausse Maîtresse*

Un drame amoureux dans lequel le mensonge et la séduction tiennent les premiers rôles.

Ray BRADBURY *Le meilleur des mondes possibles* et autres nouvelles

Ray Bradbury, grand maître de l'imaginaire, nous entraîne dans son univers où le fantastique et la poésie se rejoignent.

COLLECTIF *L'œil du serpent.* Contes folkloriques japonais

Merveilleux et étranges, ces contes nous entraînent au cœur de la mythologie japonaise peuplée de créatures fantastiques et de paysans naïfs.

Federico GARCÍA LORCA *Romancero gitan* suivi de *Chant funèbre pour Ignacio Sanchez Mejias*

Sur fond de guitares andalouses, découvrez toute la sensualité et la force de l'âme gitane sous la plume du plus grand poète espagnol du XXe siècle.

Jean-Jacques ROUSSEAU *« En méditant sur les dispositions de mon âme… »* et autres *Rêveries* suivi de *Mon portrait*

Promenez-vous dans la campagne avec Rousseau, herborisez et laissez-vous porter par les méditations de l'un des écrivains les plus singuliers du XVIIIe siècle.

Et dans la série « *Femmes de lettres* »

Madame ROLAND *Enfance*

Mme Roland fut arrêtée comme Girondine et guillotinée en 1793. Elle passa ses mois de captivité à rédiger d'admirables Mémoires dont on trouvera ici les premiers chapitres.

Comtesse de SÉGUR *Ourson*

Sophie Rostopchine, devenue comtesse de Ségur, doit sa renommée exceptionnelle à ses contes et romans : *Les Petites Filles modèles*, *Les Malheurs de Sophie*, *Mémoires d'un âne*, *Un bon petit diable* et bien d'autres…

Marguerite de VALOIS *Mémoires (1569-1577)*
Les *Mémoires* de Marguerite de Valois, première épouse d'Henri IV, constituent un témoignage exceptionnel sur la cour de Catherine de Médicis et les guerres de religion. Alexandre Dumas s'en est inspiré pour son roman historique, *La Reine Margot.*

Madame de VILLENEUVE *La Belle et la Bête*
Gabrielle-Suzanne de Villeneuve est l'auteur de l'un des contes de fées les plus célèbres de la littérature française.

Louise de VILMORIN *Sainte-Unefois*
Figure du Tout-Paris, amie de Jean Cocteau et compagne d'André Malraux à la fin de sa vie, Louise de Vilmorin est l'auteur d'une quinzaine de romans, de recueils de poèmes et d'une immense correspondance. *Sainte-Unefois* est son premier roman.

Dans la même collection

M. D'AGOULT	*Premières années* (Folio n° 4875)
R. AKUTAGAWA	*Rashômon* et autres contes (Folio n° 3931)
E. ALMASSY	*Petit éloge des petites filles* (Folio n° 4953)
AMARU	*La Centurie. Poèmes amoureux de l'Inde ancienne* (Folio n° 4549)
P. AMINE	*Petit éloge de la colère* (Folio n° 4786)
M. AMIS	*L'état de l'Angleterre* précédé de *Nouvelle carrière* (Folio n° 3865)
H. C. ANDERSEN	*L'elfe de la rose* et autres contes du jardin (Folio n° 4192)
ANONYME	*Ma'rûf le savetier*. Un conte des *Mille et Une Nuits* (Folio n° 4317)
ANONYME	*Le Petit-Fils d'Hercule* (Folio n° 5010)
ANONYME	*Le poisson de jade et l'épingle au phénix* (Folio n° 3961)

ANONYME	*Saga de Gísli Súrsson* (Folio n° 4098)
G. APOLLINAIRE	*Les Exploits d'un jeune don Juan* (Folio n° 3757)
ARAGON	*Le collaborateur* et autres nouvelles (Folio n° 3618)
I. ASIMOV	*Mortelle est la nuit* précédé de *Chante-cloche* (Folio n° 4039)
S. AUDEGUY	*Petit éloge de la douceur* (Folio n° 4618)
AUGUSTIN (SAINT)	*La Création du monde et le Temps* suivi de *Le Ciel et la Terre* (Folio n° 4322)
MADAME D'AULNOY	*La Princesse Belle Étoile et le prince Chéri* (Folio n° 4709)
J. AUSTEN	*Lady Susan* (Folio n° 4396)
M. AYMÉ	*La bonne peinture* (Folio n° 5011)
H. DE BALZAC	*L'Auberge rouge* (Folio n° 4106)
H. DE BALZAC	*Les dangers de l'inconduite* (Folio n° 4441)
É. BARILLÉ	*Petit éloge du sensible* (Folio n° 4787)
J. BARNES	*À jamais* et autres nouvelles (Folio n° 4839)
F. BARTELT	*Petit éloge de la vie de tous les jours* (Folio n° 4954)
S. DE BEAUVOIR	*La Femme indépendante* (Folio n° 4669)
T. BENACQUISTA	*La boîte noire* et autres nouvelles (Folio n° 3619)
K. BLIXEN	*L'éternelle histoire* (Folio n° 3692)
K. BLIXEN	*Saison à Copenhague* (Folio n° 4911)
BOILEAU-NARCEJAC	*Au bois dormant* (Folio n° 4387)
M. BOULGAKOV	*Endiablade* (Folio n° 3962)

M. BOULGAKOV	*J'ai tué* et autres récits (Folio n° 5012)
R. BRADBURY	*Meurtres en douceur* et autres nouvelles (Folio n° 4143)
L. BROWN	*92 jours* (Folio n° 3866)
S. BRUSSOLO	*Trajets et itinéraires de l'oubli* (Folio n° 3786)
R. CAILLOIS	*Noé* et autres textes (Folio n° 4955)
J. M. CAIN	*Faux en écritures* (Folio n° 3787)
MADAME CAMPAN	*Mémoires sur la vie privée de Marie-Antoinette* (Folio n° 4519)
A. CAMUS	*Jonas ou l'artiste au travail* suivi de *La pierre qui pousse* (Folio n° 3788)
A. CAMUS	*L'été* (Folio n° 4388)
T. CAPOTE	*Cercueils sur mesure* (Folio n° 3621)
T. CAPOTE	*Monsieur Maléfique* et autres nouvelles (Folio n° 4099)
A. CARPENTIER	*Les élus* et autres nouvelles (Folio n° 3963)
CASANOVA	*Madame F.* suivi de *Henriette* (Folio n° 4956)
M. DE CERVANTÈS	*La petite gitane* (Folio n° 4273)
R. CHANDLER	*Un mordu* (Folio n° 3926)
I. DE CHARRIÈRE	*Sir Walter Finch et son fils William* (Folio n° 4708)
J. CHEEVER	*Une Américaine instruite* précédé de *Adieu, mon frère* (Folio n° 4840)
G. K. CHESTERTON	*Trois enquêtes du Père Brown* (Folio n° 4275)
E. M. CIORAN	*Ébauches de vertige* (Folio n° 4100)
COLLECTIF	*Au bonheur de lire* (Folio n° 4040)
COLLECTIF	*« Dansons autour du chaudron »* (Folio n° 4274)
COLLECTIF	*Des mots à la bouche* (Folio n° 3927)

COLLECTIF	*« Il pleut des étoiles »* (Folio n° 3864)
COLLECTIF	*« Leurs yeux se rencontrèrent... »* (Folio n° 3785)
COLLECTIF	*« Ma chère Maman... »* (Folio n° 3701)
COLLECTIF	*« Mon cher Papa... »* (Folio n° 4550)
COLLECTIF	*« Mourir pour toi »* (Folio n° 4191)
COLLECTIF	*« Parce que c'était lui ; parce que c'était moi »* (Folio n° 4097)
COLLECTIF	*« Que je vous aime, que je t'aime ! »* (Folio n° 4841)
COLLECTIF	*Sur le zinc* (Folio n° 4781)
COLLECTIF	*Un ange passe* (Folio n° 3964)
COLLECTIF	*1, 2, 3... bonheur !* (Folio n° 4442)
A. CONAN DOYLE	*L'interprète grec* et autres aventures de Sherlock Holmes (Folio n° 5013)
A. CONAN DOYLE	*Une affaire d'identité* et autres aventures de Sherlock Holmes (Folio n° 5015)
CONFUCIUS	*Les Entretiens* (Folio n° 4145)
J. CONRAD	*Jeunesse* (Folio n° 3743)
J. CONRAD	*Le retour* (Folio n° 4737)
F. CONROY	*Le cas mystérieux de R.* et autres nouvelles (Folio n° 5014)
B. CONSTANT	*Le Cahier rouge* (Folio n° 4639)
J. CORTÁZAR	*L'homme à l'affût* (Folio n° 3693)
J. CORTÁZAR	*La porte condamnée* et autres nouvelles fantastiques (Folio n° 4912)
J. CRUMLEY	*Tout le monde peut écrire une chanson triste* et autres nouvelles (Folio n° 4443)
D. DAENINCKX	*Ceinture rouge* précédé de *Corvée de bois* (Folio n° 4146)

D. DAENINCKX — *Leurre de vérité* et autres nouvelles (Folio n° 3632)

D. DAENINCKX — *Petit éloge des faits divers* (Folio n° 4788)

R. DAHL — *Gelée royale* précédé de *William et Mary* (Folio n° 4041)

R. DAHL — *L'invité* (Folio n° 3694)

R. DAHL — *Le chien de Claude* (Folio n° 4738)

S. DALI — *Les moustaches radar (1955-1960)* (Folio n° 4101)

M. DÉON — *Une affiche bleue et blanche* et autres nouvelles (Folio n° 3754)

R. DEPESTRE — *L'œillet ensorcelé* et autres nouvelles (Folio n° 4318)

R. DETAMBEL — *Petit éloge de la peau* (Folio n° 4482)

P. K. DICK — *Ce que disent les morts* (Folio n° 4389)

D. DIDEROT — *Lettre sur les aveugles à l'usage de ceux qui voient* (Folio n° 4042)

F. DOSTOÏEVSKI — *La femme d'un autre et le mari sous le lit* (Folio n° 4739)

R. DUBILLARD — *Confession d'un fumeur de tabac français* (Folio n° 3965)

A. DUMAS — *La Dame pâle* (Folio n° 4390)

I. EBERHARDT — *Amours nomades* (Folio n° 4710)

M. ELIADE — *Incognito à Buchenwald...* précédé de *Adieu !...* (Folio n° 4913)

M. EMBARECK — *Le temps des citrons* (Folio n° 4596)

S. ENDO — *Le dernier souper* et autres nouvelles (Folio n° 3867)

ÉPICTÈTE — *De la liberté* précédé de *De la profession de Cynique* (Folio n° 4193)

W. FAULKNER — *Le Caïd* et autres nouvelles (Folio n° 4147)

W. FAULKNER	*Une rose pour Emily* et autres nouvelles (Folio n° 3758)
C. FÉREY	*Petit éloge de l'excès* (Folio n° 4483)
F. S. FITZGERALD	*L'étrange histoire de Benjamin Button* suivi de *La lie du bonheur* (Folio n° 4782)
F. S. FITZGERALD	*La Sorcière rousse* précédé de *La coupe de cristal taillé* (Folio n° 3622)
F. S. FITZGERALD	*Une vie parfaite* suivi de *L'accordeur* (Folio n° 4276)
É. FOTTORINO	*Petit éloge de la bicyclette* (Folio n° 4619)
C. FUENTES	*Apollon et les putains* (Folio n° 3928)
C. FUENTES	*La Desdichada* (Folio n° 4640)
GANDHI	*La voie de la non-violence* (Folio n° 4148)
R. GARY	*Les trésors de la mer Rouge* (Folio n° 4914)
R. GARY	*Une page d'histoire* et autres nouvelles (Folio n° 3753)
MADAME DE GENLIS	*La Femme auteur* (Folio n° 4520)
A. GIDE	*Souvenirs de la cour d'assises* (Folio n° 4842)
J. GIONO	*Arcadie... Arcadie...* précédé de *La pierre* (Folio n° 3623)
J. GIONO	*Notes sur l'affaire Dominici* suivi de *Essai sur le caractère des personnages* (Folio n° 4843)
J. GIONO	*Prélude de Pan* et autres nouvelles (Folio n° 4277)
V. GOBY	*Petit éloge des grandes villes* (Folio n° 4620)
N. GOGOL	*Une terrible vengeance* (Folio n° 4395)

W. GOLDING — *L'envoyé extraordinaire* (Folio n° 4445)

W. GOMBROWICZ — *Le festin chez la comtesse Fritouille* et autres nouvelles (Folio n° 3789)

H. GUIBERT — *La chair fraîche* et autres textes (Folio n° 3755)

E. HEMINGWAY — *L'étrange contrée* (Folio n° 3790)

E. HEMINGWAY — *Histoire naturelle des morts* et autres nouvelles (Folio n° 4194)

E. HEMINGWAY — *La capitale du monde* suivi de *L'heure triomphale de Francis Macomber* (Folio n° 4740)

C. HIMES — *Le fantôme de Rufus Jones* et autres nouvelles (Folio n° 4102)

E. T. A. HOFFMANN — *Le Vase d'or* (Folio n° 3791)

A. HUXLEY — *Le jeune Archimède* précédé de *Les Claxton* (Folio n° 4915)

J.-K. HUYSMANS — *Sac au dos* suivi de *À vau l'eau* (Folio n° 4551)

P. ISTRATI — *Mes départs* (Folio n° 4195)

H. JAMES — *Daisy Miller* (Folio n° 3624)

H. JAMES — *Le menteur* (Folio n° 4319)

H. JAMES — *De Grey, histoire romantique* (Folio n° 4957)

R. JAUFFRET — *Ce que c'est que l'amour* et autres microfictions (Folio n° 4916)

JI YUN — *Des nouvelles de l'au-delà* (Folio n° 4326)

T. JONQUET — *La folle aventure des Bleus...* suivi de *DRH* (Folio n° 3966)

F. KAFKA — *Lettre au père* (Folio n° 3625)

P. KÉCHICHIAN — *Petit éloge du catholicisme* (Folio n° 4958)

J. KEROUAC	*Le vagabond américain en voie de disparition* précédé de *Grand voyage en Europe* (Folio n° 3694)
J. KESSEL	*Makhno et sa juive* (Folio n° 3626)
J. KESSEL	*Une balle perdue* (Folio n° 4917)
R. KIPLING	*La marque de la Bête* et autres nouvelles (Folio n° 3753)
N. KUPERMAN	*Petit éloge de la haine* (Folio n° 4789)
J.-M. LAÇLAVETINE	*Petit éloge du temps présent* (Folio n° 4484)
MADAME DE LAFAYETTE	*Histoire de la princesse de Montpensier* et autres nouvelles (Folio n° 4876)
J. DE LA FONTAINE	*Comment l'esprit vient aux filles* et autres contes libertins (Folio n° 4844)
LAO SHE	*Histoire de ma vie* (Folio n° 3627)
LAO SHE	*Le nouvel inspecteur* suivi de *Le croissant de lune* (Folio n° 4783)
LAO-TSEU	*Tao-tö king* (Folio n° 3696)
V. LARBAUD	*Mon plus secret conseil...* (Folio n° 4553)
J. M. G. LE CLÉZIO	*Peuple du ciel* suivi de *Les bergers* (Folio n° 3792)
M. LERMONTOV	*La Princesse Ligovskoï* (Folio n° 4959)
LIE-TSEU	*Sur le destin* et autres textes (Folio n° 4918)
J. LONDON	*La piste des soleils* et autres nouvelles (Folio n° 4320)
P. LOTI	*Les trois dames de la Kasbah* suivi de *Suleïma* (Folio n° 4446)
H. P. LOVECRAFT	*La peur qui rôde* et autres nouvelles (Folio n° 4194)

H. P. LOVECRAFT *Celui qui chuchotait dans les ténèbres* (Folio n° 4741)

P. MAGNAN *L'arbre* (Folio n° 3697)

K. MANSFIELD *Mariage à la mode* précédé de *La Baie* (Folio n° 4278)

MARC AURÈLE *Pensées (Livres I-VI)* (Folio n° 4447)

MARC AURÈLE *Pensées (Livres VII-XII)* (Folio n° 4552)

G. DE MAUPASSANT *Apparition* et autres contes de l'étrange (Folio n° 4784)

G. DE MAUPASSANT *Le Verrou* et autres contes grivois (Folio n° 4149)

I. McEWAN *Psychopolis* et autres nouvelles (Folio n° 3628)

H. MELVILLE *Les Encantadas, ou Îles Enchantées* (Folio n° 4391)

P. MICHON *Vie du père Foucault – Vie de Georges Bandy* (Folio n° 4279)

H. MILLER *Lire aux cabinets* précédé de *Ils étaient vivants et ils m'ont parlé* (Folio n° 4554)

H. MILLER *Plongée dans la vie nocturne*... précédé de *La boutique du Tailleur* (Folio n° 3929)

R. MILLET *Petit éloge d'un solitaire* (Folio n° 4485)

S. MINOT *Une vie passionnante* et autres nouvelles (Folio n° 3967)

Y. MISHIMA *Dojoji* et autres nouvelles (Folio n° 3629)

Y. MISHIMA *Martyre* précédé de *Ken* (Folio n° 4043)

Y. MISHIMA *Papillon* suivi de *La lionne* (Folio n° 4845)

M. DE MONTAIGNE *De la vanité* (Folio n° 3793)

E. MORANTE	*Donna Amalia* et autres nouvelles (Folio n° 4044)
A. DE MUSSET	*Emmeline* suivi de *Croisilles* (Folio n° 4555)
V. NABOKOV	*Un coup d'aile* suivi de *La Vénitienne* (Folio n° 3930)
I. NÉMIROVSKY	*Ida* suivi de *La comédie bourgeoise* (Folio n° 4556)
P. NERUDA	*La solitude lumineuse* (Folio n° 4103)
G. DE NERVAL	*Pandora* et autres nouvelles (Folio n° 4742)
F. NIWA	*L'âge des méchancetés* (Folio n° 4444)
G. OBIÉGLY	*Petit éloge de la jalousie* (Folio n° 4621)
F. O'CONNOR	*Un heureux événement* suivi de *La Personne Déplacée* (Folio n° 4280)
K. OÉ	*Gibier d'élevage* (Folio n° 3752)
J. C. ONETTI	*À une tombe anonyme* (Folio n° 4743)
L. OULITSKAÏA	*La maison de Lialia* et autres nouvelles (Folio n° 4045)
C. PAVESE	*Histoire secrète* et autres nouvelles (Folio n° 5016)
C. PAVESE	*Terre d'exil* et autres nouvelles (Folio n° 3868)
P. PÉJU	*L'idiot de Shangai* et autres nouvelles (Folio n° 4960)
C. PELLETIER	*Intimités* et autres nouvelles (Folio n° 4281)
P. PELOT	*Petit éloge de l'enfance* (Folio n° 4392)
PIDANSAT DE MAIROBERT	*Confession d'une jeune fille* (Folio n° 4392)

L. PIRANDELLO	*Première nuit* et autres nouvelles (Folio n° 3794)
E. A. POE	*Aventure sans pareille d'un certain Hans Pfaall* (Folio n° 3862)
E. A. POE	*Petite discussion avec une momie* et autres histoires extraordinaires (Folio n° 4558)
J.-B. POUY	*La mauvaise graine* et autres nouvelles (Folio n° 4321)
M. PROUST	*L'affaire Lemoine* (Folio n° 4325)
M. PROUST	*La fin de la jalousie* et autres nouvelles (Folio n° 4790)
QIAN ZHONGSHU	*Pensée fidèle* suivi de *Inspiration* (Folio n° 4324)
R. RENDELL	*L'Arbousier* (Folio n° 3620)
J. RHYS	*À septembre, Petronella* suivi de *Qu'ils appellent ça du jazz* (Folio n° 4448)
MADAME RICCOBONI	*Histoire de M. le marquis de Cressy* (Folio n° 4877)
R. M. RILKE	*Au fil de la vie* (Folio n° 4557)
P. ROTH	*L'habit ne fait pas le moine* précédé de *Défenseur de la foi* (Folio n° 3630)
D. A. F. DE SADE	*Ernestine. Nouvelle suédoise* (Folio n° 3698)
D. A. F. DE SADE	*Eugénie de Franval* (Folio n° 4785)
D. A. F. DE SADE	*La Philosophie dans le boudoir* (Les quatre premiers dialogues) (Folio n° 4150)
A. DE SAINT-EXUPÉRY	*Lettre à un otage* (Folio n° 4104)
G. SAND	*Pauline* (Folio n° 4522)
B. SANSAL	*Petit éloge de la mémoire* (Folio n° 4486)

J.-P. SARTRE	*L'enfance d'un chef* (Folio n° 3932)
B. SCHLINK	*La circoncision* (Folio n° 3869)
B. SCHULZ	*Le printemps* (Folio n° 4323)
L. SCIASCIA	*Mort de l'Inquisiteur* (Folio n° 3631)
SÉNÈQUE	*De la constance du sage* suivi de *De la tranquillité de l'âme* (Folio n° 3933)
MADAME DE SÉVIGNÉ	*« Je vous écris tous les jours… »* (Folio n° 4878)
D. SHAHAR	*La moustache du pape* et autres nouvelles (Folio n° 4597)
G. SIMENON	*L'énigme de la* Marie-Galante (Folio n° 3863)
D. SIMMONS	*Les Fosses d'Iverson* (Folio n° 3968)
J. B. SINGER	*La destruction de Kreshev* (Folio n° 3871)
P. SOLLERS	*Liberté du XVIIIème* (Folio n° 3756)
MADAME DE STAËL	*Trois nouvelles* (Folio n° 4879)
G. STEIN	*La brave Anna* (Folio n° 4449)
J. STEINBECK	*Le meurtre* et autres nouvelles (Folio n° 4846)
STENDHAL	*Féder ou Le Mari d'argent* (Folio n° 4197)
R. L. STEVENSON	*La Chaussée des Merry Men* (Folio n° 4744)
R. L. STEVENSON	*Le Club du suicide* (Folio n° 3934)
I. SVEVO	*L'assassinat de la Via Belpoggio* et autres nouvelles (Folio n° 4151)
B. SVIT	*Petit éloge de la rupture* (Folio n° 4961)
G. SWIFT	*Le sérail* et autres nouvelles (Folio n° 5017)

R. TAGORE — *Aux bords du Gange* et autres nouvelles (Folio n° 5018)

R. TAGORE — *La petite mariée* suivi de *Nuage et soleil* (Folio n° 4046)

J. TANIZAKI — *Le coupeur de roseaux* (Folio n° 3969)

J. TANIZAKI — *Le meurtre d'O-Tsuya* (Folio n° 4195)

J. TANIZAKI — *Le pont flottant des songes* (Folio n° 4919)

A. TCHEKHOV — *Une banale histoire* (Folio n° 4105)

A. TCHEKHOV — *Un royaume de femmes* suivi de *De l'amour* (Folio n° 4847)

H. D. THOREAU — *« Je vivais seul, dans les bois »* (Folio n° 4745)

L. TOLSTOÏ — *Le réveillon du jeune tsar* et autres contes (Folio n° 4199)

I. TOURGUÉNIEV — *Clara Militch* (Folio n° 4047)

M. TOURNIER — *Lieux dits* (Folio n° 3699)

M. TOURNIER — *L'aire du Muguet* précédé de *La jeune fille et la mort* (Folio n° 4746)

E. TRIOLET — *Les Amants d'Avignon* (Folio n° 4521)

F. TRISTAN — *Promenades dans Londres* (Folio n° 4711)

M. TWAIN — *Un majestueux fossile littéraire* et autres nouvelles (Folio n° 4598)

J. UPDIKE — *Publicité* et autres nouvelles (Folio n° 4962)

M. VARGAS LLOSA — *Les chiots* (Folio n° 3760)

P. VERLAINE — *Chansons pour elle* et autres poèmes érotiques (Folio n° 3700)

L. DE VINCI	*Prophéties* précédé de *Philosophie et Aphorismes* (Folio n° 4282)
R. VIVIEN	*La Dame à la louve* (Folio n° 4518)
VOLTAIRE	*L'Affaire du chevalier de La Barre* précédé de *L'Affaire Lally* (Folio n° 4848)
VOLTAIRE	*Traité sur la Tolérance* (Folio n° 3870)
VOLTAIRE	*Le Monde comme il va* et autres contes (Folio n° 4450)
WANG CHONG	*De la mort* (Folio n° 4393)
H. G. WELLS	*Un rêve d'Armageddon* précédé de *La porte dans le mur* (Folio n° 4048)
E. WHARTON	*Les lettres* (Folio n° 3935)
O. WILDE	*La Ballade de la geôle de Reading* précédé de *Poèmes* (Folio n° 4200)
O. WILDE	*Le portrait de Mr. W. H.* (Folio n° 4920)
R. WRIGHT	*L'homme qui a vu l'inondation* suivi de *Là-bas, près de la rivière* (Folio n° 4641)
R. WRIGHT	*L'homme qui vivait sous terre* (Folio n° 3970)
M. YOURCENAR	*Le Coup de Grâce* (Folio n° 4394)
É. ZOLA	*Pour une nuit d'amour* suivi de *L'Inondation* (Folio n° 5019)

Impression Novoprint
à Barcelone, le 7 avril 2010
Dépôt légal : avril 2010

ISBN 978-2-07-043656-9./Imprimé en Espagne.

172169